あいりんは天使になって今も

熊本広志

海鳥社

MERCI
MERCI

DISARONNO
N°5
CHANEL
PARIS
EAU DE PARFUM
CHANEL

最後まであきらめなかった

あいりん

CONTENTS

愛子　いつの日かまたどこかで会おう！　20
九州女子高等学校国際コース担任（当時）　崎村義光
突然のメール　26
宣告の瞬間　そして突然の質問　29
幼いころ　34
想い出のドライブ　52
大手術を乗り越えた　58
入院日記　61
退院の日　69
1回目の検診　69
2回目の検診　意味深な一言……　70
再出発の旅　75
リゾートの朝　80
サプライズで登場　90
押しの強さを発揮　104
どんたくで踊って2度目の旅へ　109
老街で学生達に囲まれて　112
ツアー参加者から「ありがとう」　122
運命の日　134
父の日　最後になるなんて　143
セカンドオピニオン　147
期待のオプジーボ開始　149
おばあちゃんへ花をアレンジ　153
初めまして　あいりん！　158
倒れた??　163
打ち砕かれた祈りと期待　168
わずか3日後　2度目の宣告　172
病院から病院へ　174
フェイスブックで告白　175
恩師と級友がお見舞いに　179
踊れない　最後のステージ　194
「先生　もう慣れました……」　197
大学病院で10例もない悪性がん　198
タイに負けない長崎旅　200
「ラストクリスマスか……」　悲しい独り言　206
想い出の家族写真　そして救急搬送　210
早すぎる余命宣告　213
主治医からの宣告を断る　215
「さあ、お家に帰ろう」　空しい退院　219
手作りのバレンタイン　223
癒しの空間　224
太宰府へドライブ　その夜、目に異変　227
危うく絶命　229
復帰したら筋トレやりたい！　232
切ないプレゼント　234
桜満開　晴天の日　235
ただごとじゃない　241
最期の判断　そして　243
悲しい片道切符　249
お別れの前夜　252
友情の人の波　255
サ　ク　ラ　ニ　シ　ス　260
天使になって踊っていたよ……きっと……　264
あいりんへのメッセージ　272
旅立ちの後　304

愛子　いつの日かまたどこかで会おう！

時々、「神も仏もあるものか！」と心から叫びたくなる時があります。

女性として人間としてこれからという時に、あの憎い病が理不尽にもその命を奪ってしまいました。この怒りと悲しみのどうにもやりきれない思いを、一体どこに向けたらよいのでしょうか。そんないたたまれない時間を悶々と過ごしている時、一枚の葉書が目に留まりました。それは生前、愛子がくれた年賀状でした。読みながら、涙があふれてしまいました。以下は、一部割愛した彼女の言葉です。

「……私にとって一生忘れられない年になりました。一生付き合っていかなければならない病になってしまったことはもちろんですが、同じくらい得たものもたくさんです。みんなの優しさや愛を心から感じたし、病気になる前よりも人の心の痛みや辛さ、苦労や歓びを心から理解できるようになったし、前よりも美しいものを美しいと感じられるようになりました。病気にならないと得られなかった心だと思います……」

決して大袈裟なものではなく、それはささやかであっても心からほっとする愛であり、人が生きていくうえでなくてはならない水や空気のようなものなのだと思います。

そのような愛を、惜しみもなく爽やかな風に乗せて多くの人に運び届けている彼女の姿は、私達の心の奥深くに刻み込まれています。

そして、私はこうも思うのです。

彼女はきっと、もうどこかで生まれ変わっているかもしれないと。

前世の如く、愛に包まれてもうどこかで生きているかもしれないと信じたいのです。

そんな愛子と、またいつの日かどこかで会いたいと、これまで彼女と出会った全ての人が心で念じていると思います。

また会おう！　愛子！

See You！

九州女子高等学校国際コース担任（当時）　崎村義光

神様　こんなに早く連れて行くなんて……

そんなに娘はそちらでも人気者なのですか……

２０１９年の幕開け、１年カレンダーを壁に貼る
Xデーがこの中のどこかにやってくるかもしれないなんて……こんな新年の幕開けは初めてだ
郵便受けには年賀状の束、「あけましておめでとう」
そんな気分じゃないよ

TRIAL

突然のメール

電力会社に勤務している娘の愛子は、バイク通勤をしていた。
２０１７年の夏、出勤時に事故に遭い足の指を骨折、打撲もあり自宅近くの個人病院にリハビリのため通院していたころ、一本のメールがきた。

２０１7年10月2日　10：25
愛子「今日の夜、家にいる?」
私　「夜9時に出勤するよ　何で?」
愛子「ちょっとお話があるけん、帰ったら行くね」

わが家は二世帯造りの一軒家で、亡くなった両親がいた1階を改装して、愛子が暮らしていた。普段から家を行き来していたが、この日はわざわざ「話がある」と言う。それにいつもは絵文字が多い楽しいメールが多いのに、文字だけのメールに、「これは何かあったな？　なんか変だ！」と、たったこれだけのやりとりで、私の頭の中になぜか「不治の病」という文字が見え隠れしてきたのです。

そんな気持ちを否定して「私、結婚することに決めたよ」だったらどんなに嬉しいか、勘違いでよかったと思うだろう。でも、明るい知らせなら笑顔の絵文字が入っているはずだ。
　愛子のいつもの明るいふざけた返事が欲しくて、こんなやり取りをした。

私　「何か、いいものくれると?」

愛子「良いものじゃないけど……😅ごめん」

……ここでやっと絵文字……でも精一杯な感じ……

私　「何やろか?　いいものじゃないならいらん（笑）……体調が悪いと?」

愛子「うん」

もう、ここで答えは決まったと思った。親の第六感というもの、緊張で肩の力が入って、私の呼吸は止まっていた。

愛子「腎臓に腫瘍があるって。今わかっているのはそこまでで、大学病院を紹介されたけん、明日の
　午前中詳しい検査に行ってくるね」

私　「ええっ!」

愛子「10日くらい前から右腹部にこぶしくらいの硬い何かがあって、便秘かと思ってしばらく様子見てたけど変わらないから、レントゲンとかエコーで診てもらったらそう診断された」

私「話がある　まさかとは思ったけど　いい話かとも思ったけど　帰っておいで　自覚できるくらいならすぐ入院しないと！」

愛子「明日検査して、良いものか悪いものか詳しく調べるって。今日リハビリ行って紹介状もらってくるね。結構、気になるくらいになってきたけん、なるべく取りたいけん、明日詳しく聞いてくる」

私「検査結果待ちだけど、悪い結果にならないように最善策をとらないといかん。何事も早めにやらないと、後で大変なことになる。自覚あった時点で行くべきやった」

愛子「日曜日に気づいて、気持ち悪いなあと思ったけど」

私「愛子が一番ショックだろうけど、お父さんも気が動転しているよ。しかし、現代医学を信じてとにかく検査をしよう。実は前から、お父さんは愛子が大病にならないか心配していた。これが夢ならいいけど。明日の仕事休みもらえたら病院に一緒に行くよ。会社に連絡するよ」

愛子「ごめんね。検査せんと分らんけど、まさか自分がこういう心配をする日が来るとは思ってなかった。検査は一人でバイクで行こうとか思っていたけど、そんな軽い感じではないよね」

私「入院手続きもあるから付き添うよ。今、会社に連絡中」

愛子「ごめんね」

メールのやりとりをしながら、妻に話して長男、長女に連絡した。医療薬品に関わる仕事を持つ長男は、「まだ悪性と決まったわけじゃないから検査結果を待とう」と言ってくれた。何てことだ！

これはきっと心配のあまり悪い夢を見ているに違いない。きっとそうだ。そうであってほしい。

こんな願いは、この日からずっと続いていくのでした。そして……。

宣告の瞬間　そして突然の質問　2017年10月3日

大学病院の新館入口で、付き添いの妻と愛子を車から降ろして駐車場へ向かう。

久しぶりの大学病院の駐車場だ。何年ぶりだろうか。そう、両親が他界した今から10年以上前のこと、父は胃がんで母は肝臓がんだった。

父は、胃から他の臓器への転移もあり、脾臓《ひぞう》など3カ所を摘出するステージ4だった。しかし、余命4年と言われたが、その後転移もなく本人の努力で80歳まで生き抜いた。母も、C型肝炎でもあったにもかかわらず、10年以上人生を全うして父の翌年に他界した。父の家系は代々胃がんが多く、私も父ががんになった歳に達したときの健康診断は、緊張した記憶がある。しかし、近年胃がんの主な原因はピロリだと言われ、私も8年ほど前にピロリ菌の除去をしたことがあった。

それ以降はまったく胃に関しては痛みも不快感もなくなった。聞くところによると、井戸水を飲んだ世代が過ぎれば、胃がんは激減するだろうと言われている。

両親が重度のがんに冒されながらも、術後の経過も良く長生きできたこともあり、また自宅からも近いため、この大学病院は大きな存在だった。

そんなことを思っていたら、駐車中にメールがきた。

愛子「今、本館の1階でCT待ち」

検査結果が出た。結果はわずかな願いを打ち砕く悪性の腎がん。右腎臓の4分の3ががんに冒され、静脈にも入り込みがん細胞は血管内を上昇していた。全摘手術が必要との診断結果に愕然《がくぜん》となったが、さらに気になったのは、静脈にまで入り込んでいるということ。血流に乗ってがん細胞が全身に飛んでいるのではないか。素人の考えかもしれないが、不安が激しく渦巻いていた。

手術内容の細かい説明を受ける。

「脊髄に痛み軽減のためのブロック注射をしたあと、尿の調整や量を測るために管を注入します。全身麻酔中は呼吸困難になるから管を口に入れます。麻酔から覚めたらパニックになる人もいます」

普段、風邪をひいても病院に行くどころか薬も飲まない生活を続けてきた娘は、先生の話を聞く度に、大きな目がさらにさらに大きく見開いていった。

手術は早くて1カ月待ちだと言われた。患者が多い大学病院にありがちな〝待ち〟の長さだ。

「そんなに待てません！　この状況で！　何とかなりませんか！　何とか早めてもらえませんか！」

この診断結果を受けて、「はい　わかりました」と1カ月も待たされる気持ちの余裕はまったくなく、先生に懇願した。

そんなとき、初めて愛子が口を開いた。

「せんせい！　私……また踊れるようになりますか？」

それは突然の質問だった。

先生が、「はあっ？」という困惑の表情だったため、私が「ああ……娘はベリーダンスやっているんですよ」と言うと、「手術はお腹をL字型に切るから、しばらくは術後の痛みがあると思う。激しい動きには、痛みが取れるまでしばらくは時間かかるよ」と笑顔で答えられた。

一瞬絶句して自分に襲い掛かった突然の出来事が信じられない思いだったのだろうけど、ステージで踊ることは、目指す人生の大きくて大切な部分だったのかもしれない。

普通なら、「これからも生きていけるのか」と問いたくなるものだろうけど、「またステージに復帰できますか」には、先生も戸惑いながらも苦笑していた。

しかし、悪性がんの宣告を受けた場の重苦しい雰囲気を、若干でも和やかにする効果もあったようだ。取り乱し泣き叫ぶこともなく、場を和ます、周りに気遣いする、天性の明るい性格は、これからの入院生活で治療にあたる看護師さんや医師のみなさんに大きな印象を与えた。

宣告の日、病院内のカフェで。こんな時でも精一杯の笑顔を見せてくれた

さらに「大きな傷が残ったらベリーの衣装着れんよ。どうしようか」と言うものだから、妻が「お腹を隠すカッコいい衣装もいっぱいあるよ」となだめていた。頭の中は、ステージでいっぱいだった。

まるで、プロスポーツの選手が大手術のあとの復帰戦に焦り悩むかのようで、いつの間にわが娘はこんなに強くなったのかと驚いた。しかし現実の運命を受け止め、とにかく前向きに「生きる」ため手術の成功に賭けようと、病院を後にした。

その日の夜、主治医O先生から電話をいただいた。

「手術日程ですが、いろいろと調整を重ねた結果今月16日です。これが最短です。よろしいですか」

「わかりました。ご配慮ありがとうございます。よろしくお願いします」

必死の思いが伝わったのか、1カ月待ちの半分の2週間後になった。できないこともあるだろうけど、状況も切羽詰まっていたから思いを汲み取ってくれたのだろう。あとは、手術の成功、そして残る2週間で悪化しないことを願った。

私「明日、脚のリハビリから帰ったら連絡ちょうだい。気晴らしに糸島の海、見に行こうか。それとも寝ておく?」

愛子「行くー！　リハビリ行ったら、癌を見つけて大学病院に紹介してくれた先生に診察結果を説明しておくね」

愛子「かんちゃん（兄）が、昨日から優しいメールくれて……

こういう時にみんなの優しさが身に染みるね」

私「家族やないかい！」

入院前のある日、こんな独り言を呟いた。

「いつになったら学校に戻れるんだろう……」

愛子は、交通事故に遭う少し前にメイクの学校、「Be-STAFF MAKE UP UNIVERSAL」に入学して通い始めたばかりだった。

入学前のある日「おとんは何でも反対する」と思ったのか、「その学校、何年間通うと?」とか質問すると不機嫌に答える。そこで、「入った以上は世界に通用するメイクアップ・アーティストになるくらい目標持てよ！　ハリウッドスターのメイクをやるような一流目指して、愛子さんにお願いしたいと言われるように頑張れよ」と言うと、急に満面の笑みで「うん！」と上機嫌だった。

メイクアップ・アーティストで生計を立て、プライベートではダンスを楽しむ。こんな夢を抱いていた最中に、交通事故による骨折からがん手術と、考えもしなかった大試練に見舞われてしまった。

幼いころ

愛子は、わが家の末っ子として昭和も終わりに近い61年に生まれた。長男長女は2つ違い、愛子は長女の愛弓《あゆみ》から4歳下で、妻は「何か孫みたいよね」と言って、長男長女が学校や幼稚園に行っている間は、自宅で孫のように親の愛を独占していた。

生まれてしばらく名前が決まらず、占い師のもとに行くと、いくつか提案された名前のなかに、「愛子」があった。長女の名前にも「愛」が入っているので、「これこれ！　愛子！　これぴったりです　愛子に決めます！」と喜んで帰宅して妻に提案した記憶が残っている。

物心ついたころ、愛弓と愛子は、お互い「アイコ」の「コ」、「アユミ」の「ミ」から文字を取って「こぶ！」「みぶ！」と呼び合うようになっていた。今でも愛子を家族間では「こぶ」と呼ぶ。本書の中で、愛子のことを「こぶ」と時折表現するのでご了承ください。

愛子は、幼いころから「可愛い」「おしゃれ」にこだわっていた。妻が言うには、鏡の前で服を身体に当ててニコニコしていたらしい。幼稚園に入るくらいのころ、女の子同士で口論していて、愛子が「私の方が可愛いっちゃけんね！」と言うと、相手の子は「違う！　○○ちゃんのほうが可愛いってお母さんが言ったもん！」というような、何とも勝ち気なケンカをしていたそうだ。

私は「男だったら僕のほうがハンサムだ！　みたいなものじゃないか！　すごいよな」と苦笑した。

小学校に入学したときは、当時はまだ珍しいピンクのランドセルを買った。愛子が「ピンクがいい」と主張したのだ。今でこそ多種多様な色があって、入学一年前から、各デパートではランドセル商戦が始まる。25年も前ではまだまだ男は黒、女は赤の時代だった。自分の気持ちを殺さない。自分の意思を大切にする。世間体って何？　無理な挑戦は避ける。楽しいことを楽しむ。年齢なんて関係ないし考えてもいない。愛子のこんな性格は、大人になっても少しも変わらなかった。

むしろ、周りを「そうかなあ……そうかもしれない……それもいいかも……そうだね！」と納得させてしまう愛子の個性が、みなの心のどこかに閉じ込めた鍵を開けるような何かがあったのかもしれない。

わが家は築25年の一戸建てで、12年目に外壁塗装工事を行った。この時もこんなエピソードがある。

はじめての幼稚園の運動会で楽しそうに走る

「何色がいい？」と家族に意見を聞いたら、愛子が「赤かピンクが可愛いな！」と言う。「冗談だろ！　カラオケハウスと思われちゃうよ（笑）」とは言ったものの、私自身もカナダや北欧のカラフルな色彩の家に憧れはあったため、意見交換で結局原色を採用した。さすがにピンクにはしなかったが、今では、知人が訪ねてくるときは、色を言えばすぐわかるようになった。

日本では家の色は灰色かベージュ、車は白か黒か灰色が多く、よく言えばシック、悪く言えば地味だ。

愛子が言った。「何十色と色があるのにもったいない、全然楽しんでいない」。

全くそのとおりだと思う。どんな色にするかは人の勝手だから、ここは身勝手な意見として読み流してほしい。一般的には、世間体を考えた家づくりがほとんどで、一生かかってやっと支払いを終える大きな買い物なのに、遊び心は「色」からはあまり感じられない。愛子に教えられることも多かった。

塗装工事の担当者から工事前に一言声をかけられた。

「本当にいいんですね！　今から開始しますよ！」と念を押された。「塗ってから後悔しないでくださいよ」ということだろう。

「構いませんよ。お願いしま～す」と言ったら、ローラーで鮮やかなペンキが塗られ始めた。


逆に怪我や痛みには、愛子は兄弟の中で一番弱かった。ほんの少しの切り傷にも、いつまでもいつまでも泣いていた。

それが、覚悟を決めて大手術に挑むような大人になるなんて。私だって立場を置き換えたらビビると思う。小さなころから見つめ続けた親として、この強さはどこで鍛えられたのだろうかと思う。

崖っぷちに立たされ、後ろから絶体絶命のがんという敵が攻め込んできた。

もう、ここで大海原の手術室に飛び込むしかない心境だったのだろう。

memory

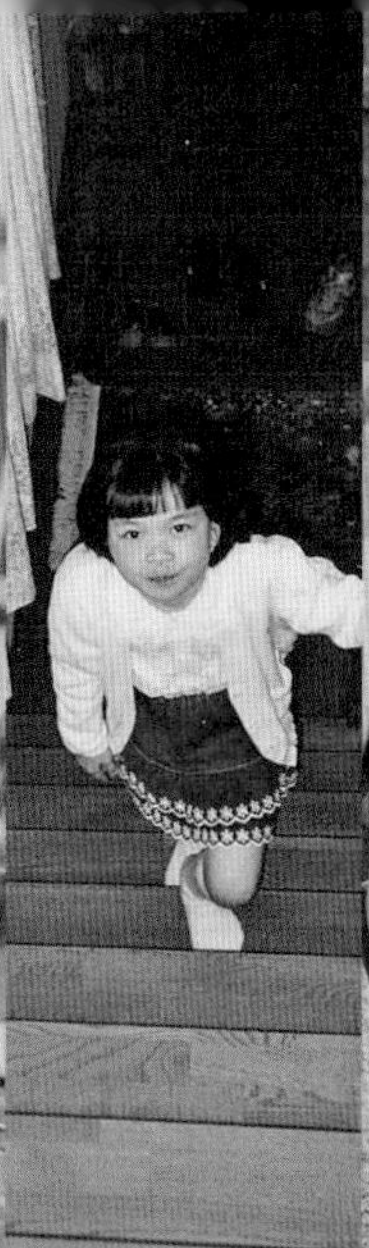

七山茶
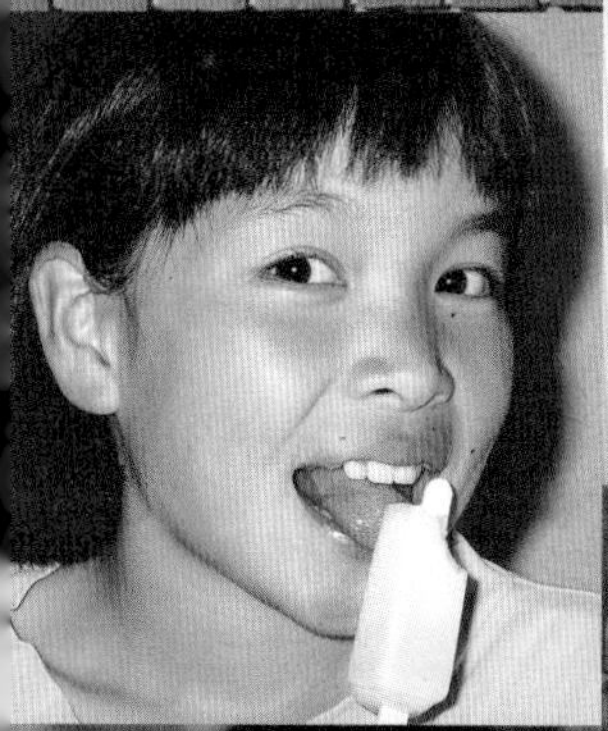

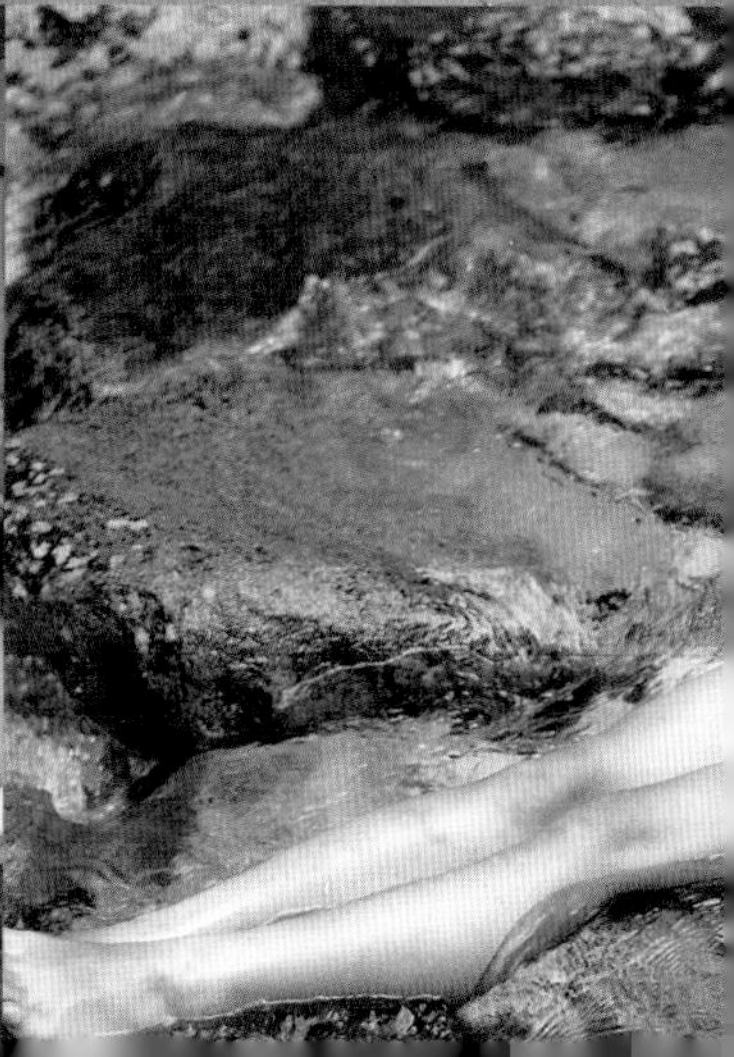

3人いつも一緒だった

Bonix boy

Bonix boy

GREEN SHOWER

宮崎県青島

完成前の福岡ドーム（現ペイペイドーム）前

糸島の芥屋海水浴場

愛子が描いた2002カレンダーの絵

大人になるまで通った糸島の青い海

湯布院を駆け抜ける

大分県山下湖湖畔を馬車で散策した

阿蘇中岳を仲良く散歩

TEAM
BODY
GLOVE

ウエストコースト
志摩

片江小学校入学

福岡幼稚園入園

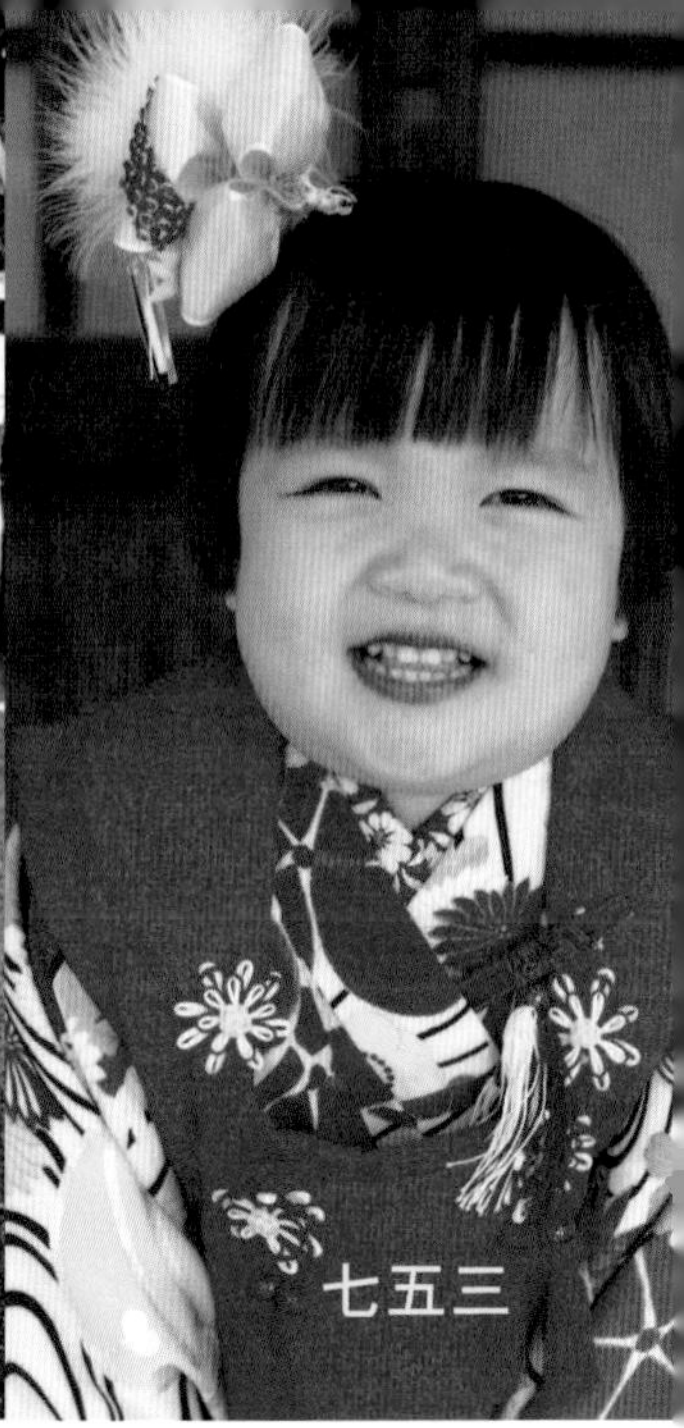
七五三

成人式

福岡女学院大学卒業

片江中学校の修学旅行で京都へ

小学校卒業式で号泣

九州女子高等学校入学

卒業式

子供写真コンテストで最優秀賞に……。妹2人を守るお兄ちゃんの優しさが伝わるとコメントをいただいた。私の生涯1番のお気に入り作品です

想い出のドライブ

あたり前のように夜が明けて、あたり前のように家族がいて、あたり前のように食事をして、あたり前のように床に就く。そんな光景が、普通に暮らしているとなぜか永遠に続いていくものと錯覚してしまう。

人生には終わりが来るし、また新しい命の始まりがある。悲しいことがあれば楽しいことや嬉しいことがある。失敗するけど、成功する場合もある。出会いがあれば別れもやってくる。

こんなサイクルは、当然自覚もしていたし、もう60代半ばに入った私は、人生の締めをどう生きるかと考える年齢に差し掛かっている。両親の通院や入院にもほとんど立ち合い、10年ほど前に他界してからは、今度は私達夫婦が子供たちに負担をかけまいと努力し、健康管理には気を配ってきたつもりだ。が……しかし……子供に大きな病が降りかかるなんて、ものには順序があるだろう。

子供ががんになるなんて、想像の枠を超えていた。

まして、腎臓がんなんて遺伝的な要素もまったく考えられない。最近、年齢を問わず女性に多い乳がんや子宮がんを心配して、検診は怠るなといつも言ってきた。人生、何が起こるかわからない。まさかまさかなのだ。

私は二十歳代の前半に結婚し、当時の勤務先の転勤で福岡を離れ、東京や神奈川で長く暮らしてきた。関東では車いらずの生活で過ごし、30代で福岡に戻り40歳を過ぎたころ、重い腰を上げ車の免許を取得した。

この頃に、小学校低学年だった愛子は父親っ子で、私によくついてきたものだから、子供と遊ぶレジャーは何かと考え釣りを選んだ。家族みんなで出かけたが、愛子と2人というドライブも多かった。当時は三菱パジェロやトヨタのランドクルーザーなどＲＶ車が大流行。空前のアウトドアブームだった。テレビでも釣り番組が盛んで、情報を得ては愛子と毎週釣り旅を楽しんだものだ。

知人から中古車を譲ってもらい、釣り道具やガスコンロ、鍋、食器などを積み込んで、早朝3時過ぎに佐賀や長崎など知る人ぞ知る海岸に出かけていった。釣りの合間に、波止でガスコンロでお湯を沸かして青空の下で食べたインスタントな食事は最高だった。

愛子が「おいちい　おいちい」と言うのが可愛くて、そんな笑顔が見たくて、親バカな私は唐津《からつ》、呼子《よぶこ》、福島、平戸《ひらど》、生月島《いきつきしま》と青い海に何度も旅をした。初心者の中年ドライバーにとって、釣り場への長距離ドライブは運転技術を磨くのに最適だった。

毎週末連れ出すものだから、妻から「宿題もやらずに眠り込んでしまう！　いい加減にして！」とお叱りを受けたものだ。

そんな妻も、自分専用の竿と仕掛けをもってついてくるようになった。一度、妻が平戸の海岸で四〇センチ近い特大のバリ（正式名アイゴ）を吊り上げるというビギナーズラックに、地元の人も驚い

Dear お父さん
お父さん大好きだよ
またたっくさんつりして、
いっぱいつろうね
From こぶ

カワハギが釣れたよ
佐賀県漁港にて

ていたものだ。

もう、遠い彼方の楽しかった思い出だが、家族の笑顔は大切な宝物だと思っている。

私の本業はホテルマン。お客様を迎えお見送りの時、小さなお子様連れの家族に会うと、「今の想い出を大切にね」と心の中で囁いてしまう。

そんな甘酸っぱい思い出を胸に、これから大手術に挑もうという成長した娘と、想い出のドライブをした。この日はスマホ写真ではなく、久しぶりに愛用のカメラと三脚を積み込んだ。もちろん2人で写真を撮りたかったから。

あの頃の、ちっちゃな娘じゃない。

助手席にいる愛子に「釣りに行ってた頃、こぶは助手席で身長は今の半分くらいだったよね。覚えてるかな」と語りかけた。

「そうねえ……よく行ったよね」

「小さいクロ（メジナ）釣ったら、こぶは可愛い可愛いってずっとなでていたね」

そんな思い出話をしながら、糸島のサンセット通りにあるレストラン「サンセット」に入る。ここは糸島では有名な老舗のレストランで、平日でも若い女性客がひっきりなしにやってくる。

テラス席に出て、店の看板メニューの「ロコモコ」を楽しんだ。

柔らかい日差しが、突然の宣告を受け悩みぬいた心を優しく包んでくれたようで、笑顔が戻ってきた。

Sri Lanka
A&F

A&F

生還を誓って束の間の親子ドライブ。秋の潮風があの頃を思い出させた。かけがえのない心のアルバムが蘇った

大手術を乗り越えた

運命の手術日、16日がきた。長男が勤務先の名古屋から戻り、愛子の彼氏も病院まで来てくれた。みなで見守るなか、愛子は手術室に入るとき覚悟を決めたのか、振り向いて笑顔で手を振った。もう「まな板の上のコイ」の心境なのだろう。麻酔が覚めたらまた会えるけど、何が起きるかわからない。まるで「みんな今までありがとう」とでもいうような愛子の姿に、「どうか無事に生還させてください」と、神に祈った。

家族控室で長い時を過ごす。頭の中は、どうしても手術経過の様子を生々しく想像してしまいがちで、もう先生に運命を任せるしかない、余計なことは考えないでいようと、頭を何度も振った。

長男は、明日仕事だからと手術開始のあとに新幹線で名古屋に戻っていった。長時間が予想される手術なので、長女も一度帰宅させ、彼氏と妻と私の3人で手術が終わるまで見守ることにした。長男と長女には、手術室からＬＩＮＥで実況報告を続けた。

長男「今、岡山駅」

妻　「たぶん、名古屋駅に着くころに手術終わるかな。こぶも頑張っているね。こぶの携帯に何回もメールが入ってくるよ。友達も心配してるんよね」
長男「だろうね。（友達への）返信は明日だね」
私「さっき手術室入口見てきたら、関係者以外立ち入り禁止、赤ランプ点灯中　まだまだやね」
長女「こぶちゃん頑張れ～♥♥」
長男「今、名古屋駅、後20分で家に着くよ」
妻「へぇ～速い」
長女「かんちゃんの方が（手術より）速かったね」

長い長い時間が経過し、呼び出しの合図がかかった。

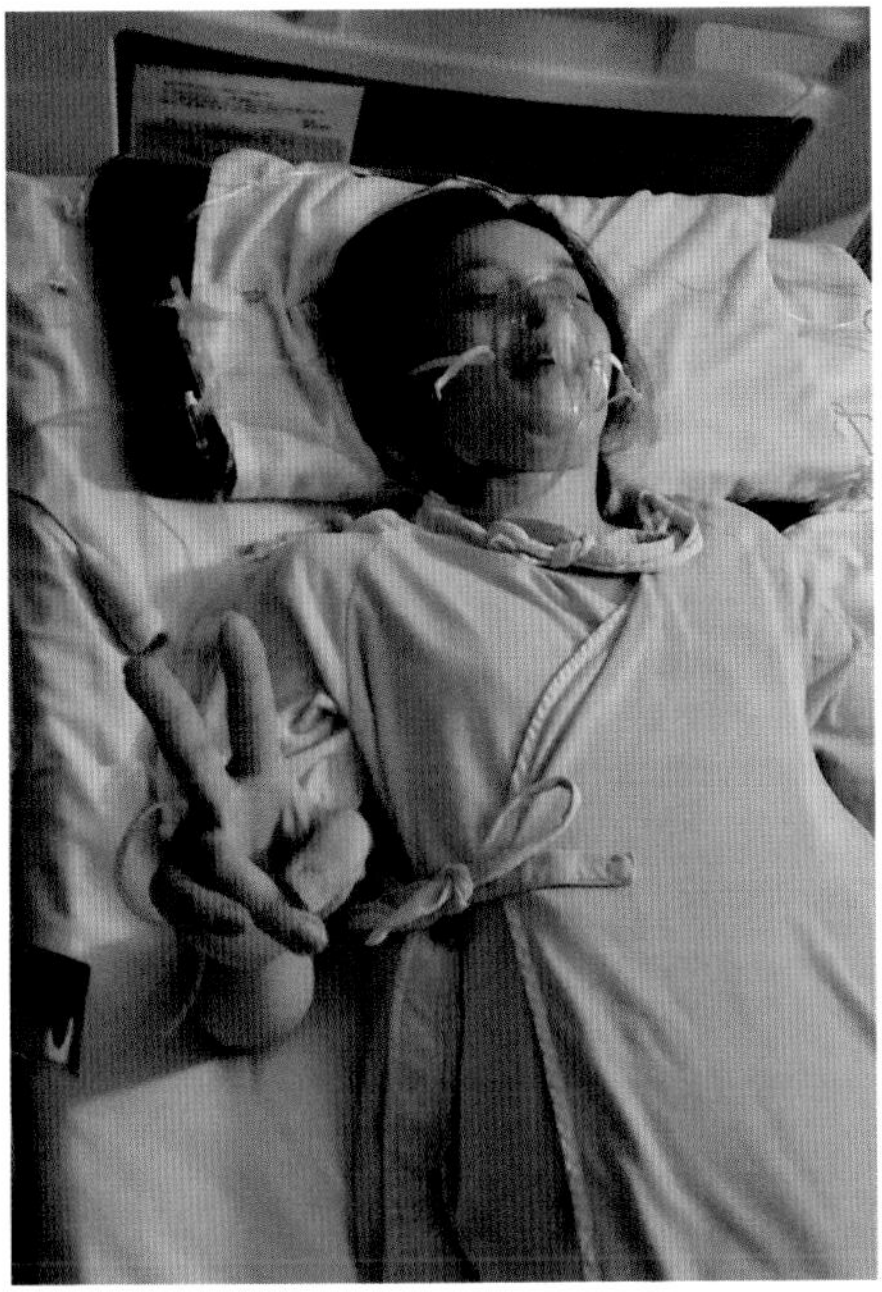

長い手術から戻ったばかりの意識朦朧の中、呼びかけにVサインで応えた。こんな時にこんな気遣い、なんて強い子だろうと思った。LINE写真に皆安堵した

私「終わった。予想以上にうまくいったよ。出血は３００ＣＣ程度で輸血も必要なかったって。摘出した腎臓と静脈を見せられた。親としてショックだったよ。可哀想でたまらんかった」
長男「凄い！　愛子！」
長女「よかった！　よく頑張った！」

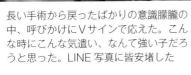

私　「よく頑張ったよ。たまらんよ。但し、検診は生涯続けていかなければとも言われた」
長男「救ってもらった命を愛子がどう使うか。希望をもって生きてほしいね」
妻　「そうね。これからが勝負だ。闘うぞ」
長男「そろそろ病室に戻ったかな。俺は自室で乾杯したよ」

術後に私が撮った愛子のピース写真を送ると、みな安心したようだ。

長男「おー！　よう頑張った！　あとは再発防止やね」
長女「良く頑張った！　感動のピースやね！　今からゆっくり寝ないとね！」
私　「みんなが見守ったから大成功！　家族の絆のおかげだよ！　ありがとう。それからね、こぶが小声で手術中ダンスしている夢を見たって言ってたよ。快復したら、またダンスしてやりたいことをやらないとね」
長女「そうなんだ！　夢見たんだー　すごい😲」

術後１週間、日に日に快復し、食欲も増してきた

514号室

2017.10.13
20:38

今日から入院。。。なーんか変なカンジ。
隣のおばちゃんとその隣のおばちゃんが、
ずっとお話しよる☺ 血液型の話とかダンナ
さんの話とか☺ みんな仲よしなんだ☺
さっき先生から手術の説明受けたけど、
なんかこわいなあ。手術の次の日から歩か
ないかんとか言われたけど、ムリでしょ!!
右のじんぞう君、この31年間ありがとう。
さみしくなるけど、がんばるよ♡
こぶの ここの ベッドエリア、完ペキに
こぶ仕様に仕上げたぞい☆

10.14
7:00

おはよう☺ 眠れんかった💦 あぁ…
やっぱねむくないのに電気消されたら、
いろんな事考えてしまう。。。暗やみの中
ちょっと泣いちゃったぁ。しかし隣のおばちゃん
の いびきと無呼吸にはまいった。
ぎゃあ〜いびき〜💦と思ったら止まる。……
ぷはぁっってまた吸い込んで…のくり返し。
そのうちいびきがうるさかったはずなのに聞こえん
くなったら逆に気になるww

座らされて、今日担当します‥‥ってカワイイ
女医さん？っていうの？女の子が何人かきて、とても
若くてビビった!! その内、手術室入って‥‥‥
ここでするのか‥‥ってまたドキドキ。なんか、
昔の宇宙船みたいな。大きなライトが
ベッドの上にあって、そこに寝かされて。
いろいろ点滴とかしてたら左手がダァーーって
痛くなって‥‥‥

私、ロザリウムかな、ステージで踊ってた♪♪
あれは‥ベリーダンスではなくて‥‥たぶんベティちゃん。
踊ってたら ‥‥もとさん、くまもとさん、熊本さーん、
分かりますかぁ？？って女の人の声で呼ばれて‥
あ、終わったんだって分かった。それから、ベッドを
ガラガラ‥個室に入って枕が硬いっていって低い
やつにかえてもらって‥‥てしよったらおとんとおかん
とこうたが入ってきた。こうたが泣いてるのは
分かった。おとんがたくさん話かけてくれてて、全部
聞こえてるし話したいけどなかなか思うようにいか
なくて その日はそのまま寝たけど、痛すぎて
夜中何度も目が覚めてた気がする。
次の日の朝本当に痛くて何も出来なかった
んだけど、レントゲンとりまーすとか言って

10.22　↑手術の日は…向かいのおばあちゃんが
延々と話しつづけるもんやけん日記書けず…w
午前中は最終的なしたり、手術の説明
とか、ちょっとセンチメンタルになったり、忙がしい
中向かいの森本さんだったけど　きっと少しでも
気をまぎらわそうとたくさん話しかけてくれたん
だと思う。。♡ありがとうございます
11:30ごろこうたが来て、そのあとすぐにオカンが
来て、3人になったところで思わず泣いちゃった。
オカンがすごく優しくて、手を握ってはげましてくれた。
12:30に呼びに来ますってコトやったケド、結局
呼ばれたのは14:30。それまでかーちゃんもタニシも
おとんもずっと待っててくれたよ
それから手術室に行ったケど、エレベーターの中
もずっとおかんが手握ってくれてた　すごく嬉しかった♡
それまでの恐怖はどこへってぐらい怖くなくなっ
て、生まれて初めて入る手術室にちょっとドキドキ
しながら自動ドアの中へ。中には受付があって、
他の患者さんもおった！ベッドで移動してる人も
おれば、歩いてる人もおった。そのうち、イスに

ＬＩＮＥでやりとり

10月22日
愛子「病室のおばちゃん達が、面白いことばかり言って笑わせてくれるけど傷口が痛くて楽しくてまた痛い。癌患者なのに、どうしてこんなに元気なんだろう。みんな癌が転移して大変なのに本当に前向き！　励みになる！　と言うか励ましあって元気になっている感じかな」
妻　「そうか！　みんな強いね」
愛子「本当に前向きで、人の気持ちを考えてくれる良いおばちゃん達だょ」

10月23日
愛子「点滴外れた。ホッチキス止め取った」
妻　「あら　早い！　くっついた？」
愛子「それが、横はまだくっついてなかった。パックリ開いているところ見てしもた！」
妻　「え～！　怖い！」
愛子「キムチ鍋したい」

10月24日

愛子「さっき先生が来たとき、点滴の痛み止めが取れたら退院時期を決めていきましょうねって」

10月25日

愛子「退院した人がいて、また来月ここに戻ってくるって言ってた。かなり葛藤したし、悩んだんだろうけど癌であることを受け入れて前向きに治療したら少しは良くなるって入院仲間とも看護師さんとも先生とも前向きに楽しく過ごしてるよ！　仲良くしとったらなんでも相談しやすいし。こぶもこの部屋になって看護師さんたちと仲良くなれたし、なんでも話せるようになった」

妻「良かった！」

愛子「久しぶりに外に出てきたよ！　天気いいし暑かった」

退院も近まったある日、病室で愛子にサプライズなプレゼントを伝えた。

「こぶが退院して、傷の痛みも和らいできたら旅行プレゼントするよ。また、台湾以来8年ぶりに家族旅しようよ」

「えっ？　どこに行く？」

「実はね、前々からお母さんが行きたいって思ってた旅で、こぶの全快を祝ってみんなでベトナムに行こうかと思ってさ！」

「はっ？　えっ！　何でベトナム？　ピンとこない！」

「うん、ベトナムの中部にあるホイアンってところで、ランタン祭りが有名なんよ！　服とか雑貨の店がたくさん並んでいて安いし楽しい旅になるよ、きっと！」

以下、ＬＩＮＥで

愛子「ベトナムかあ~ＶＮ……嬉しいなあ　タニシ（姉のことをなぜかこう呼ぶ）と一緒だったら昔みたいにあっという間に時間が過ぎてしまう。また一緒に行けたら嬉しいね」

私「タニシに連絡したら、こぶが行くなら一緒に行くってさ！　決まりね！」

愛子「やったー！」

私「退院して、ゆっくりしたらパスポート取りに行こう！」

海外への旅は非日常を味わえる。私は、年に1~2度アジアへ旅をする。世間体を気にしがちな日本社会で暮らして自分が縮こまっているような気になったとき、喧騒と雑踏のアジア各国に旅すると元気をもらえる。こんな気持ちを、愛子にも感じてほしくて提案したら素直に喜んでくれた。

家族の絆で乗り越えた大手術。これからも、ずっと家族一緒に乗り越えていこうと思った。

窓側でみんなでおしゃべり☆何しゃべったか、
忘れたけど、なんかお話して朝のおくちの
体操おわり笑 そうこうしてるうちに朝ごはん笑
しゃべってると時間が過ぎるの早い！
ごはん終わって、またしばらくゲームして〜
顔あらって歯ミガキして〜DVDプレイヤー片付けた。
寝して〜。雑誌見る。やっぱGLITTERは
何度見てもカワイイなあ♡ うトうト〜♡ そうこうしてると
スグに11時ごろなって、ウトウト。そうそう、お部屋
そうじしてくれたあとって、みんなのカーテン開けて
くれとうけん、めちゃくちゃ明るいし、風通しもいい
し、なにより楽しい笑 またそれでワイワイ話
して、そのあと寝。きづいたらもうランチが運ばれ
てきてw もうごはんかーい。w
食べてウトウトしよったらおかん登場。
おとんくんも来て、デイルームでベトナム行きの
話を笑♡ ワーイ♡ ベトナムホイヤンはリゾート地
なんだって笑 でも暑いんだろうなあ。腹帯してるし…
リゾートワンピとかサラサラのTシャツにショーパンとか
着たいケドな…。それはムリかナ…。ランタン祭り
とか、ショッピングとか！楽しめますように！タニシも
来るし。アオザイ着て写真撮るんだぁ!!

10/26　寒くて痛くて眠れなかった。目覚めが
悪かったー ベ。痛かったけん、点滴お願い
してかもうイヤヤー。午前中はゆっくりまったりして、
散歩しようと思ったケド痛くてイヤだったので
少し寝て、ずっとゲームした
少ししたらもテスグに[redacted]。ごはんだよ。あっ！
ごはんの前にオカンが来た 家から歩いて
来たって すごい!! リュックかろって来た。
カワイイ。お部屋のみんなにって甘納豆
持ってきてくれた 退院できるカモって話し
たけど…痛いならまだあせらんでいいって
言ってくれた オカンも仕事が大変そうで…
新しい店に入るための新人研修があった
けど、その新人さんたちが5人いっきに
辞めたげな あいやー
おかんはいつも明るくて優しい。こぶが落ち込
まんようにオカンはいつも明るくいてくれる！でもなぁ〜
個室の時に、やっと1人で立てた時、おしっこしようと
頑張って立った時にオトンが入って来て、立った姿
見てすごく嬉しそうだったあの笑顔は本当に忘
れられないなぁ 本当に嬉しそうやった ♡
こぶもその顔見てすごく嬉しかった

退院の日

病室のみなさんにご挨拶して、病室を出たら患者のみなさんと看護師さんたちが大勢でエレベーターまでお見送りに来てくれた。

「もう戻ってきたらいかんよ！」「寂しくなるよ」と、名残惜しそうに声をかけていただいた。

自分の孫のような感じなのだろうか、病室で可愛がられた様子が窺え、わが娘ながら天性の素質というものに感心した。この子は、なにか人に強い印象、影響を与えるのだろうと思った。この最初の入院時に、同室の同じ病と闘う方々や看護師さんたちから励まされたことが、一年間の闘病の支えとなっていることは間違いないだろう。

1回目の検診　2017年12月5日

私「今日のこぶの一回目の検査結果、無事再発なしだった！　早い人は1回目で見つかる人もいるよって先生が言う。毎回緊張するよね。一番こぶが緊張してたね。次回は2月15日、この日は検査と結果診断を1日でやるって」

愛子「無事クリア〜」

愛子「やったー！」

長女「わーい！♥」

私「今、こぶとマリノアのポムの樹にいるよ」

2回目の検診　意味深な一言……

2018年2月15日

二度目の検診を受けた。検診後の結果報告を、本当は家族全員の熊本家LINEでやりとりをしたかったが、気になることを言われ、愛子とは別に長男長女にそれぞれ連絡した。

私「今、検診終わった。肺に気になる血管の膨らみがあって3カ月後の5月15日に再検診して大きくなっていたら転移として薬による治療をする、まだわからないけどねと言われた。

2週間後の月末28日から、10年ぶりにベトナムに家族旅行してくるよ。と

パスポート申請をしたあと、博多駅のクリスマスマーケットでリハビリ散歩

りあえず、こぶの術後の元気づけで」
長男「血管の膨らみか～薬による治療をして、根絶した方がいいかもね」
私「腎がんが他の場所に転移しても、腎がんだから抗がん剤はきかないので使わないと言われてこぶが喜んでいた（笑） 禿げたくないって。禿げるより命なんだけどね！」

マリノアシティでお買い物

奥歯にものが挟まった状態とはこんなことだろうか。「そこに何かありそうだけど、時間が過ぎないとわかりません」という診断結果に、本当は「それが何でもなかったとしても、今、何か対策として薬がありませんか」と気をもんでしまう。

しかし、それが何か診断結果を見なければ、診療はできない。それだけに、待たされるこれからの3カ月間は「悪い結果であるはずがない」と自分を思い込ませるしかなかった。まして、久しぶりの家族旅行を前にして気分一新で旅立ちたかったので、今は考えたくないのが本音だった。

術後の3カ月毎の検診は、まるで針の筵《むしろ》のようだ。まさに審判の日、がん患者にしかわからない苦悩の日々だ。

FRESH START

ベトナム ホイアン・フエ・ダナンへの旅

再出発の旅　２０１８年２月28日

２０１８年２月28日、３泊５日の旅。福岡空港からベトナム航空直行便でホーチミン空港へ、そこから国内線に乗り換えダナン空港へ向かう。フライト時間だけで７時間はかかるけど、家族４人で10年ぶりだと楽しくて、あっという間に現地に到着した。私達夫婦にとっては６年ぶりのホーチミン、さらに大都会になって、空港内外は送迎客の対応で熱気が充満していた。威勢の良い、白タクのワゴン車が呼び込みをする中、私達は国内線へのルートを探しながら進む。

娘たちが楽しそうに、「おとん！　このジュース飲んでみたい！」「バインミー売ってるよ！」と興奮気味。

ああ……来て良かった、家族旅行企画して正解！　とみんなの笑顔に心から幸せを感じた。

今回の旅行は、ツアーで申し込んだ。何の心配もなく、目的地に案内してもらって夜は意外に自由行動が楽しめ、しかもリーズナブルなツアーはお得感いっぱい。アジア旅行は、国内旅行よりも安価で、しかも驚きや感動が多い。最近、若い人たちは海外旅行を敬遠する人が多いと聞く。言葉が通じない、入出国が面倒、パスポート申請も面倒などの理由からだそうだが、もったいない限りだ。もっともっと、冒険してほしいものだ。

上・出発前の福岡空港国際線ロビー、旅は旅立つ前の出発ロビーが一番楽しい
下・ホーチミン空港に着いて入国審査を待つ。初ベトナムにうきうきの愛子

さて、これからはまったく未体験の地に向かうことになる。もう世界中の人たちが行きつくした感があるハワイやグアム、バリ、モルジブなどの有名リゾートとは違い、今売り出し中のリゾート地「ダナン」の空港に降り立った。

ツアーガイドのユイさんが出迎えて人員点呼、私達家族を含め4家族10数人の小規模な参加人数で、出迎えの車も中型のマイクロバスだった。ここから、目指すホイアンまで海岸線を走ってホテルに向かう。「ル・ベルハミィ・ホイアンリゾート&スパ」というホテルに移動なしの3泊。4泊目は機中泊で5日目の朝、福岡空港着というスケジュール。術後5カ月なので、ほど良い旅かなと判断して申し込んだ。

ホイアンはまだまだ開発中で、建設中のホテルが並ぶ右肩上がりの街並みを眺めながら、目的地に到着。広大な敷地に建つホテル入口からフロントまでかなり距離があり、フロントから客室の棟までがさらに遠く、カートで荷物を運んでもらう。チップを払って部屋の中へ、木がふんだんに使われた南国のゆったりとしたホテルで、ホイアンの町からは少し離れている。

さて、ホテルに着いたらお決まりの、「ガイドさん、この辺にコンビニありますか。缶ビールとか売ってるお店は？」というセリフから始める。どこに旅をしても、夜シャワーを浴びてからの乾杯は格別なものがある。特に、今回のリゾートホテルは周辺にお店らしきものがない閑散とした地区で、ルームサービスを利用するしかないかなと思ったが、すぐ横に小さな商店があると聞き、閉店しないうちにと駆け込んだ。

ホテルを出てすぐのところに、家族経営の商店があり、さっそくベトナムのビールやおつまみを買い込んだ。ビール10缶以上、おつまみやついでにマイ土産の地元の珍しいお菓子を買い込み、着いたばかりだというのに家族両手でも重いほどの買い物に、店主は上機嫌。みんなで記念撮影をした。

海外旅行の醍醐味は、何も世界遺産だけではなく、こんな出会い触れ合いが一番楽しいと思う。家族みな、異文化コミュニケーションを楽しんでいて、来てよかった、そして愛子が術後回復して本当に良かったと心から思ったひとときだった。

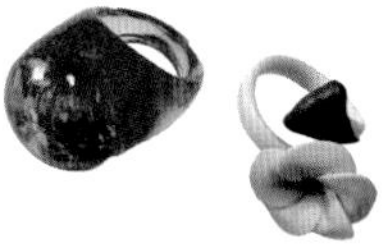

愛子は病を忘れて初日から旅を楽しんでくれた。姉妹で撮った携帯写真の数々
愛子が「ベントー（弁当？）」というスナック菓子を見つけて思いっきり笑っていた

リゾートの朝　２０１８年３月１日

国内外、旅の朝と言えばお決まりのブッフェ、その土地柄もあってとても楽しみ。今回３連泊するホテルは、とても広大なため部屋から地図を片手にレストランに向かうが、道に迷ってしまい庭の管理をしているスタッフに聞きやっとたどり着いた。

ベトナム料理はどれも美味しいが、何といってもベトナムコーヒーはこの国ならではの絶品だと思う。

日本国内では、南米系のコーヒーが主流で、一般的にはベトナム産コーヒーはなかなかお店ではお目にかからない。一見どす黒いが、味わい深いコクの深さが、ホテルの自然環境のテラスと相まって、完璧にはまってしまった。

A&F

A&F

美味しい空気を吸いながら姉妹２人貸し切りで心ゆくまで楽しんでいた

朝食後、ホテルから40キロほど離れた世界遺産ミーソン遺跡を観光、午後には今回の目的であるホイアンのランタン祭りに向かった。かつては、日本人も多く住んでいたというこの地には、日本人によって架けられたという来遠橋（通称・日本橋）など、日本人の残した足跡が見て取れる。

観光後は、夜遅くまでショッピングを楽しみたいので、ツアーのみなさんと離れ我々家族だけで自由行動。帰りはタクシーでホテルに戻るため、お祭りの人込みから離れたタクシー乗り場をガイドのユイさんに聞く。

予想を遥かに超える多くの観光客でごった返す、目下売り出し中の街並みを散策して回った。いったい何カ国の人たちが何人訪れているのだろう。世界中の言語が飛び交う中、決して広いとは言えないエリアを人をかき分けながら歩いていく。

こんななか、ベトナムコーヒーのお店で日本人のカップルと出会った。

「どこからですか」「東京からです」「ベトナムコーヒー買いましたか」「気をつけて楽しんでください」などと話しながら、マイ土産のコーヒー豆を買う。妻は、部屋に飾るランタンを物色中。ちょっとでも目を離すと、人混みのなかから見つけるにはかなりの時間がかかりそうで、迷子になるのはご法度とばかりに家族団体行動を楽しんだ。

日本国内の縁日とはやや違った異国情緒溢れる雰囲気は、世界に名を馳せる一大おまつりイベントだった。

ランタン祭りからの帰りのタクシーで信号待ちをしていたら、我々のすぐ横に50ＣＣのカブ（バイ

ホイアン昼と夜の風景

ク）が並ぶ。

窓越しに見ると、運転するお母さんの後ろに小さな子供たちが4人も乗っていて、お母さんが指示したのか子供たち全員がタクシー内の私達に向かってVサイン！

車内は「うわっ！　可愛い♥」と大パニックに。

私は「写真撮りそこねたよ〜」とシャッターチャンスを逃し悔しがるだけ。ベトナムらしい光景に家族みな大満足の夜だった。

お店の父子と一緒に笑顔満点の愛子
ここで買った愛子らしいバッグを肩にかけて

赤いバックやピンクの可愛いイヤリングを買って大喜びだった

ホイアンの街並みを散策しながらショッピング

サプライズで登場　２０１８年３月２日

１９４５年まで続いたベトナム最後の王朝、グエン朝の都が置かれたというフエ観光へ。フエは内陸部にあってホテルから約１２０キロほど離れた静かな町。出発がやや早めだったが、出発時間を過ぎたのに娘たちがなかなかやってこない。ツアーは時間厳守が常識。

他のみなさんにお詫びしながら待つと、遥か彼方から走ってくる娘たちが見えた。ピンク系の服が好きな愛子が、遠巻きに見ると青い服を着ている。もしかしたら……

バスに乗り込むなり、愛子は悪びれずに笑顔で「おはようございま～す」とご挨拶。

「遅くなってごめんなさい」ではなかった。ところが、車内からは意外にも拍手喝采が巻き起こった。愛子が、アオザイを着ていたのだ。それは、私達夫婦が6年前に旅したベトナム旅行でのお土産に買ってあげたもので、初めて着てくれた。

「やっと着てくれたね」と言ったら、「だって、日本でいつ着るんよ?」

そりゃそうだ！　結婚式に出席?　何かのパーティ?　考えたら着るタイミングがなかなかなかったのだ。それだけに、今回ベトナムを旅先に選んで、この姿を見れて本当に良かった。

この日は、アオザイで観光すると決めていたのだそうだ（67頁の日記で宣言！）。車内のみなさんから「似合う！　似合う！」の大合唱で褒められたものだから、ご満悦のようだった。

フエに到着したときは、正午近くの炎天下。観光バスも多く、韓国からの団体が多かった。「グエン王朝宮」や「カイディン帝廟」「トゥドゥック帝廟」など訪れる度に、同じツアーの人たちと一緒になることが多く、ツアーの流れはどこも同じように組んでいるのだと思った。愛子のアオザイが目立っていて、韓国のツアー参加者から、「一緒に記念写真を撮りたい」と言われ気軽に応じて写真に収まっていた。二度、三度と行く先々で再会するので、親しげに話しかけられた。

「オジョウサンキレイネ！　デモオカアサンモビジンヨ！」と日本語もお世辞も流暢な方で、済州島《チェジュ》から来たと言われた。ぜひ、済州島にも観光で来てくださいとも。

旅先で出会う外国人観光客とのコミュニケーションもいい体験。済州島は福岡からすぐお隣りという距離なので、一度は行ってみたいと思った。

フエに向かう車内で

韓国の一行と記念撮影に応じる愛子は人込みの中でも目立っていた

旅先でも自宅でもおどけて家族を和ませてくれるわが家のムードメーカー

ツアー参加のみなさんから「モデルになってー！」と言われポーズをとる

ベトナム版紫禁城であるグエン朝王宮前、アオザイ姿のご一行に囲まれて

ようこそ王宮へ！
大好きな色とりどりの花の前で

２０１８年３月３日。最終観光は、２０１７年Ｇ20会議の会場に選ばれ、翌年は、トランプ大統領と金正恩朝鮮労働党委員長の二度目の会談の候補地にも挙がったことがあるリゾート地のダナン（実際はハノイで開催された）。

「ホテルで最後の朝食か〜……名残惜しいなあ……」と言いながら少し早めに済ませて、まだ一度も見ていなかったホテル周辺の海岸線を散策して記念撮影をした。少しガスっていたけど曇りというわけではない。

また、そんなもやっとした風景もいいものだ。ホテルの誰も利用していないプールを歩きながら海へ向かう。

愛子が「もったいなーい！　一度泳いでみたかったよー」とプールで撮影、そして海岸に出る。

誰一人いない海。我々家族だけに用意してくれたようなもの。

ああ、いつまでもこの幸せが続いてくれたらなあ……そんな満足感でいっぱいの最終日の朝だった。

愛子が撮ったスマホ写真の数々

時間よ止まれ……そして今は時間よ戻れ。そんな言葉しか出てこない

Khách Đến Với Biển Đà Nẵng
ne to Da Nang beach

青空のダナンビーチを満喫するノンラーを被った愛子

愛子お気に入りピンクのダナン大聖堂

五行山入口にて

ドラゴンブリッジ
付近は結婚式の写
真撮影スポット

ダナンビーチで

ホテルのプールで

五行山への階段をリゾートスタイルで元気に登る

押しの強さを発揮

ベトナムに限らず、東南アジアでのショッピングは値切り交渉が鍵。日本のように値札が付いていて、値引きが通用しない世界ではない。

逆に倍の金額からふっかけられるから、気の弱い日本人はいいカモかも。言葉は無用で電卓交渉、ここでは愛子の交渉力がものを言った。なかなか引き下がらず真剣そのものの表情が忘れられない。終わったら「楽しかったー」で、買い物の過程をも楽しんでいる。愛子も私同様にアジアの魔力にはまっていた。

パスポートを受け取った日にプレゼントした
ハードロックカフェのお気に入りのＴシャツを最終日に着ていた
ダナンの最後の夜に満面の笑みで元気に乾杯していた顔が忘れられない
ホイアンで買ったピンクのピアスが輝いていた

Hard Rock

上海への旅

どんたくで踊って2度目の旅へ　２０１8年5月6日

愛子は、２０１８年の「博多どんたく」に出演し、各会場のステージで踊り尽くしたらしい。本人も「楽しかったー！」と、手術後6カ月の経過を身体で確かめていたようだった。

家族はみな、暦通りの仕事ではないためどんたくを見に行けず、ＧＷ仕事お疲れ様を兼ねて、５月６日から中国上海へ３泊４日の旅行を申し込んでいた。

実は、愛子に私の真意は伝えていなかったが、５月15日に3回目の検診が待っている。前回、ベトナムに行く前の検診で肺の血管の気になる膨らみを指摘されていた。これが何なのか。「３カ月後にはっきりするでしょう」と意味深なコメントをもらっていた。

ベトナムではじけるように楽しんでいた愛子。万が一、次の検診で悪い結果が出たら、もう旅行しようなんて気分がなくなるのではないか……。ベトナムを、家族で行く最初で最後の海外旅行にしたくない。もう一度、家族全員で旅をしたい。そこで、15日の検診前、私の仕事の繁忙期ＧＷのあとに行ける今回の旅を選んだ。

私達夫婦はこれで3度目の上海への旅。何といっても、福岡空港からのアクセスの良さは韓国釜山に次ぐ近さで、東京へ行く同じフライト時間で海外旅行を楽しめる。わずか2時間弱であの近未来都市上海に行けるし、宿泊先が浦東《プードン》地区のグランド・ハイアット上海なので、娘たちもきっと喜んでくれるに違いない。

そんな家族旅の出発の朝、ちょっとしたハプニングが起こった。

愛子はGW中に毎日ステージに上がり、夜は友達と楽しんで旅行前夜は準備もせず寝てしまったらしい。集合時間がお昼の十二時頃だったため、のんびり当日の朝に準備を始めていた。

予約したタクシーに乗り込んで都市高速に入る。すると愛子が悲壮な顔で叫んだ。

「はっ！　携帯がない！」

「え〜！　どうしようどうしよう……」

私は「もう無理だよ！　都市高降りるわけにはいかないよ！　集合時間もあるし」とたしなめる。

運転手さんも困った顔をしていた。

現代社会では、財布同様に携帯は命みたいなもの。愛子はＬＩＮＥもメールも検索も、そして撮影もできない旅になったことに顔が曇りっぱなしだった。

「さっ！　もうあきらめようや。時間忘れてのんびり旅しようよ。愛子は日本から4日間消えるんだ」

空港で長女と会ったら、愛子はさっそく姉に「携帯貸して〜！」と頼んでいた。

世界でも名だたる巨大な中国浦東空港で入国手続き、入国審査が厳しくなっていて今では全員機械で指紋を取られる。ここでまたハプニングが起こった。妻の指紋が読み取れない。というか、機械の反応が弱くて私達もかなりの時間を費やした。やっとの思いでパスしたが、到着ロビーに出たときはツアー参加者全員が揃っていた。

日本語が日本人と変わらぬ流暢な、キョウさんという若い男性ガイドが待っていた。

中国ツアーは価格がリーズナブル、内容もいいのでたくさんのツアーが催行決定になっていて、大型バスが待機していた。さすがに大型なので、30名の参加者でも空席がたくさんあり、ゆとりのある快適旅だった。

今回は、一泊目が上海近くの大きな島、初めて訪れる崇明《チョンミン》島、2泊目は無錫《ウーシー》、そして最終日に上海というスケジュールで、1、2泊目はハイアット・リージェンシー、3泊目がグランド・ハイアットとホテルも一流揃い。今回の売りは、ツアー初登場の崇明島。ホテルもオープン間もない新しさで、もっと周辺を散策したかった。軽井沢のような別荘が並ぶリゾートアイランド。しかし、遅く到着して、寝て起きて朝食をとるだけであっという間にさようなら。結局、車窓観光で終わった島だった。

ガイドのキョウさんは「崇明島は何もないところ。コンビニとかも近くにないよ」とそっけない。

しかし、こんなに立派なハイアットがここにオープンしたわけだし、都心に近いリゾート島として今後益々開発が進んでいくのだろう。

中国だから、一年もすれば様変わりになっているのではないか。

客室のバルコニーはかなり広く、敷地
内は緑豊かで野鳥の鳴き声が心地よい

車窓風景を楽しむ

静かな環境で朝食ブッフェ。中
国1日目に愛子は大満足だった

老街で学生達に囲まれて　2018年5月7日

二日目は、無錫の太湖《タイフー》や巡塘《シュンタン》古鎮などの観光名所を巡る。

最近の中国は、古い町並みの雰囲気を残しつつ再開発するという、観光客を意識した街づくりが行われている。

崇明島のレストラン「新虹楼」前で、これからの旅に期待感いっぱいの愛子

しかし、古くから住んでいる人たちは立ち退きを余儀なくされることもあるそうだ。建物は再利用されてショッピングゾーンへと様変わりしている。トイレ革命など急ピッチで近代化が進み、世界遺産や各地にある老街《ラオジェ》（歴史的な古い街並み）は何度も訪れたくなる。私達夫婦はここ数年、中国旅にすっかりはまっていた。

昼間は、巡塘古鎮や南長街《ナンチャンジェ》でのんびりと散歩を楽しんだ。絵を描いていた地元の学生たちが、なぜか愛子のファッションが気になったのか、周りに集まってきていろいろ話しかけられていた。

巡塘古鎮を散策中、風景スケッチをしていた地元の学生たちと交流を楽しむ

塘

物色

南長街散策

しに

民族ショーの劇団員と

乗る

客席にて

南長街でスィーツ

店主さんとすぐ仲良

中国で3番目に大きな湖「太湖」を遊覧して三山島へ

大型観光バスに

Coffee Street
老街咖啡

南長街の鮮やかな入口で

1年前に、私達夫婦だけで無錫を訪れたときは夜遅い到着だったので、夜の南長街を見ることができなかった。

今回は家族4人でリベンジとばかりに再訪問した。宿泊しているハイアット・リージェンシー無錫からタクシーで約15分、きれいな電飾で彩られた街並みはスターバックスやハーゲンダッツの店も南長街仕様でとても美しい。

愛子もハイテンションで、あっという間に2時間を超える散策が終わった。

ホテルに戻って、コンビニでいつものビール調達、中国の珍しいスナックも買い込んで思い出話に花を咲かせる。高層階の客室の窓から、室内の電気を消して無錫の街を見下ろしながら乾杯。

ああ、いつまでもこの幸せが続いてほしい……。ベトナム滞在中の気持ちと何ら変わりなく深い眠りに……。

夜の南長街散策。お店の人たちとのたくさんの出会いとふれ合いにみな大満足。愛子が「また来たい。中国楽しい」と言った言葉が今も忘れられない

ツアー参加者から「ありがとう」 2018年5月8日

無錫の朝を迎え、高層階のブッフェで食事をしながら娘二人を待つ。

今日はどんなファッションで来るのかなと、「おはよう」の笑顔と一緒に楽しみな瞬間でもある。長女は、いつものお姉ちゃんらしくシックなスタイルで、愛子は淡いパープルのカットソーとジーンズで意外にラフだった。

階が高すぎて、晴れているのにガスって見える絶景を眺めながら、中国らしい華洋折衷のモーニングを楽しんだ。

ロビーで出発を待っているとき、愛子がツアーに参加されている女性から何やら話しかけられていた。横で聞いていたら、「貴女たちが参加してくれたお陰でツアーが華やかになったわ。本当にありがとう」と言われ、愛子も「ありがとうございます。私達も楽しいです」と恐縮していた。

私も「旅行に参加してくれてありがとうなんて、旅行社の営業マンならともかく、一般の方からこんなありがたい言葉をいただくなんてすごいね」と言ったら、愛子も「びっくりした。すごくおとなしそうな人だなとは思っていたけど、ニコニコしながら近づいてこられて声かけられた。でも嬉しかったなあ！」と天真爛漫で無邪気な笑顔が返ってきた。

この時、親としても嬉しくて、これからもツアーに家族全員で参加したいと思った。娘たちも、楽しいという感情を嫌味なく表現して、どこにいても笑い声を絶やさず楽しんでいた。

ベトナムでもそうだったが、参加された方々が愛子に話しかけ、愛子もみなさんの身の上話まで聞いたり話したり、コミュニケーションを楽しんでいた。

ゴマ団子は今回愛子のお気に入りだった。眼下に霞む無錫の街並みを眺めながら朝食を楽しんだ

旅先の想い出とは、何も世界遺産や美食ばかりではなく、現地の人や参加された人たちとの交流にもある。

「ツアーは大人の修学旅行」なのだ。

citi
公安局水上

上海浦東地区をバックに家族写真。雲一つない青空。姉の携帯はすっかり自分のものに

上海の観光地といえば、必ず外せないのが外灘《ワイタン》と呼ばれる旧市街地。ここから浦東地区の高層ビル群をバックに記念撮影はお決まりコース。撮影の後に、これも定番の豫園商城《ユーユェンシャンチォン》へ向かう。中国建築らしい、先が反り尖がった屋根が並ぶこのエリアは年中観光客で溢れかえっている。また、スリが多いので要注意。前年に訪れたとき、妻のうしろ30メートルほど後ろから歩いていると、突然1人の男が妻の後ろに近づいて行った。「これはスリだな」といかにもわかりやすい確信犯の後ろを追いかけ、妻に大声で「気をつけろよー」と声をかけた。その男は、ぎょっとした顔で遠ざかっていった。

日本ではリュックは後ろに背負うものだが、海外……向かう地区によっては前に保持した方がいい。

まるでヨーロッパのカフェのようなお洒落な新天地。おもしろい容器を見つけてポーズをとる愛子

「今日はあのホテルよね」と話してたのかな……高層ビル群をバックに振り向く２人

豫園商城でショッピングを楽しむ

値切り交渉またまた発揮

手術後、１番体重が増えたと言っていた
確かにピチピチ弾けるような健康感でいっぱいだった

ベストショットポイントで。反りあがった屋根が中国的で豫園商城の最大の魅力

上海老城隍庙小吃广场
三楼

Sì

GRAND HYATT

DESTINY

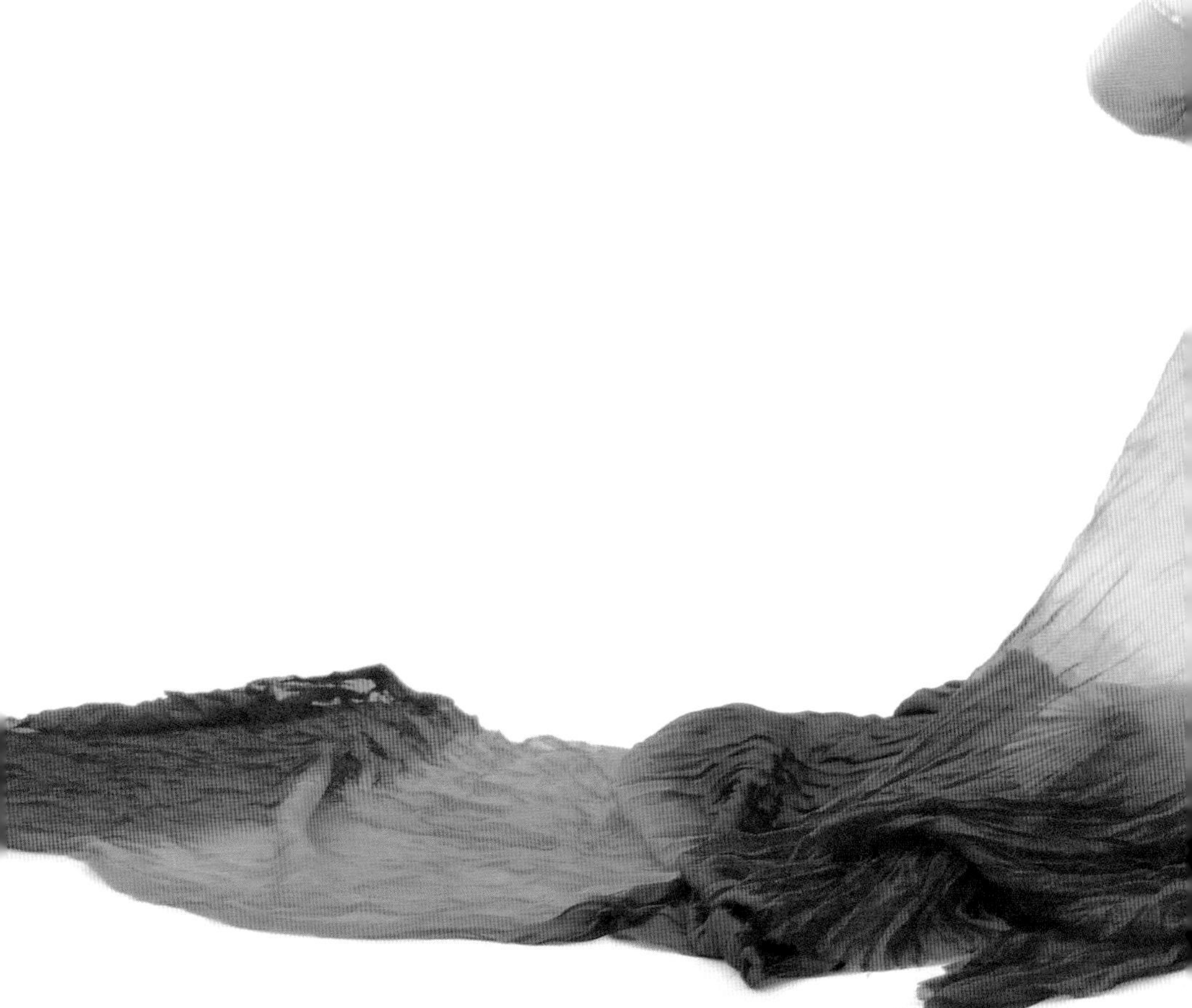

運命の日　2018年5月15日

5月9日、帰国の日。海外旅行から帰国する人たちはみな、「ああ！　現実に戻る。明日からまた仕事か」と言う。

しかし、わが家には大きな試練が待っている。愛子の3度目の検診だ。

「連休が終わってまた仕事に戻る」と悩むなんて、何と幸せなことだろうか。病気をして初めてわかるあたり前の幸せ、寝て、起きて、仕事に行って、帰ってまた寝る。こんな繰り返しがどんなに幸せなことか。戦争や災害に遭い、困難に陥って初めて感じる平和な時代の尊さ。こんな気持ちは、同じ病に苦しむ人や家族の方々にはご理解いただけると思う。

帰国して現実に戻り、私自身が一番不安だった3度目の検診が1週間後に迫ってきた。

2度目の検診時に言われた血管の膨らみって何だ？　「気にしすぎだよ！　何ともないよ！」と不安な気持ちを振り払うように、1週間を過ごした。そんな不安もよそに、家族みな大丈夫と信じていた。

13日の日曜日は母の日で、愛子が妻に花をプレゼントした。

「先週の今頃は、南長街にいたね」「先週の今頃はグランド・ハイアットに泊まっていたね」などと、旅の後1週間は恒例の、「先週の今頃は」で盛り上がっていた。

検査の15日の火曜日、転機が訪れるなどと思いもしない家族は特に同行せず、私は愛子と2人で検査へ向かった。手術を担当し主治医でもあったO先生が他の総合病院へ転勤、今日初めて会う主治医にご挨拶も兼ねた1日だった。呼び出しの番号が出て診察室に入る。

「熊本です。今後ともよろしくお願いします」とご挨拶する。

先生からの言葉はこんな切り出しだった。

「今回から担当するIです。手術は私も立ち合っておりました。初めてお会いして、こんなことを言うのもなんですが……」

その瞬間、心で刻み続けていた時計の針が止まった。私の口は空いたまま、視線は定まらぬ一点を見ていた。頭が真っ白になるとはこんなことなのか。いつもいつも不安が充満していた私には、そういう切り口のあとの言葉に、いいことはないと受け取るしかなかった。

CTのデータを見せながら、こう説明された。

「肝臓……肺……リンパ節……あと腰の骨の部分にも転移が見られます」

「えっ！　はっ！」

愛子は、何を言っていいのかわからない様子で声をあげた。目が点になるという言葉の通り、呆然としている。

「腎がんからの転移なので、抗がん剤は使えません」

「ええっ！　ど……どうすれば！」

医師の言葉に私はたたみかける。

「分子標的薬を使います」

「レーザーとか手術で小さなうちに取れないのですか」

「転移した今回のような腎がんの手術は無理です。これはそのために開発された薬です。いくつかの種類があるので、治療効果を確認しながら適時変えていきます」


こんなやり取りをしたと記憶しているが、あまりにも早すぎる転移という結果に、10月の宣告時以上に放心状態だった。そんなときに、愛子がトイレに行くと言って席を立った。

その場を見計らったのか、先生から突然の宣告を受けた。

「5年なんて無理ですよ……まあ2年かな……」

「ええっ！」

それ以上の言葉が出てこなかった。私は頭を抱え込んでしまった。

心の中で声に出せない私が叫び続けていた。

「今、何て言った？　愛子が……愛子が2年でいなくなる？　死んでしまうってこと？　おいおい冗談言うなよ！　俺が聞いたわけじゃないのに、何でいきなり余命うんぬんなど斧でたたきつけるようなことを言うんだよ。これからは覚悟しておきな！　みたいな……あまりにもクールな……そんな言い方ってあるのか！」

今までの人生で最大の冷たい宣告だった。これまでに大学病院で治療を受けた莫大な患者さん、全国の腎がん再発の平均的なデータから見た余命宣言なのだろうが、再発というショッキングな宣告の直後に、まして聞いてもいないのに余命宣言をされた娘の父親の気持ちがわかるのか。

言う方も気持ちのいいものではないだろうし、言わなくてはいけないことかもしれない。

ただ、大手術の後から一番恐れていた状況がこんなに早くやってきたことに、気持ちの準備が追いつかず、ただただ途方に暮れていたのだった。

ほどなく愛子が戻ってきて、先生からこう言われた。

「まず、ボトリエントという薬を投与します。これは普通に飲む錠剤の薬ですが、まず最初に副作用などの心配もあるので数日間入院してもらいます。その後は、退院したら普通に生活してもらって結構ですよ」

「副作用って！　髪が抜けるんですか？」

愛子が声をあげる。

「いや、抗がん剤と違って髪が抜けることはありませんよ」

愛子は、一瞬笑みを浮かべた。

「ああよかった、髪は女の命」とか思っているのかもしれないけど、命が先だろと思った。

この一大事にも、ベリーダンスのために切らずに長く伸ばした髪を心配しているかのようだった。

しかし、まあいいかとも思った。なぜか前向き？　怖いもの知らず？　ノーテンキ？　心境は測れないが、衝撃の宣告を受け本人が一番同様したのだろうが、前向きな面を見せたことに闘う希望が見えた。

診察の後、入院手続きをして2人で駐車場に向かうとき、私は我慢していた涙が一気に溢れ出た。それは、一家の大黒柱とか、娘の前でとか、大の男がとか、すれ違う病院に来ている人が見ているとか、もう周りを気にするなどの余裕もなく、見苦しいほどに泣き続けてしまった。

こんな悲しい現実ってあるのか、夢を見ているに違いない、早く覚めてほしい。1週間前の家族旅行の思い出などは、いとも簡単に吹き飛んでしまっていた。

駐車場へ重い足取りで歩く途中、愛子が今まで見たことがない私の哀れな姿に、こう呟いた。

「なんでそんなに泣くん?」

「……えっ?　だって……こんなに早く転移したからだよ」

「私、なんも感じないし……」

「そりゃそうさ?　見つかったばかりじゃないか!　とにかくしっかり治療しよう」

「うん」

検査結果を長男長女に伝え、LINEでこれからの治療予定を連絡した。

私「やっぱり、長生きは期待できなくても、ある程度、中高年までは生きてほしいよ。あきらめたくないよ。たまらないよ。こぶが、1人になったら、いろいろ考えてしまうと言って寝てしまった。お父さんもお母さんもそうだから、本人の心の葛藤は大変なものと思うよね。また、声かけてあげてね」
長男「この世に神様はいるのかと言いたいね。何かあればいつでも連絡して」
私　「ありがとう」

仕事から帰った妻に報告しようとしたら、妻が「何ともなかったんよね。大丈夫よね」と現実を振り払うように聞く。私は、「4か所に転移が見つかった。しかも2年生きられるかわからないと言われたよ。もちろん愛子がいないところで」と言うのが精一杯だった。妻は、「またあ！　冗談言ってるんやろ。もう」と信じようとしない。

「冗談で言えるか！　抗がん剤は腎がんに使えないらしい。それに代わる薬で治療する。もう手術はできないって。これから大変だよ」

私達夫婦は、今起こっている現実を現実のことだと実感がもてなかった。まして、1年後に私たちのもとからいなくなっているなんて、この原稿を書いている今でさえ信じられない気持ちでいっぱいだ。

その夜、3人で自宅で夕食を食べようとしていたとき、愛子がテーブルの一点を見つめている。するとみるみるうちに涙が溢れてきた。私も、昼間の大学病院に続き涙が止まらない。「がんイコール死」という気持ちは誰もが抱いて当然だし、最も恐ろしい病気だ。再発という結果が、初めての宣告以上に重くのしかかって、気丈な愛子もいろいろ考え込んだに違いない。診察の途中に愛子が席を立ったのは、気持ちを落ち着かせるためだったのかもしれない。

私は愛子を思いっきり抱きしめた。

「こぶ、絶対助ける。絶対、絶対だよ。一緒にがんばろう」

涙が溢れて止まらない。妻も泣いていた。

やがて愛子は泣き疲れて寝てしまった。

今日一日、術後わずか半年後の人生最大の宣告という試練を受け、精神も身体も疲れ切っていたのだろう。

寝顔を見て、この子を失うなんて考えられないし考えたくもない。明日から、できる限り付き添い寄り添って治療に専念させると誓った。

5月17日、診察の後長男へLINE
私「今、先生の診察終わった。転移はリンパ節にもいっていた。4カ所。これからの治療計画として、最初に腰に放射線を13回、通院放射、そのあと1週間入院してヴォトリエントを飲んで副作用が出るか検査、そ

再発宣告の日病院から帰宅後、母の日に贈ったベゴニアを見て愛子が言った。「やっぱり……おかんはピンクがイメージよね」。どこか寂しげだった

のあとオプジーボ。高額治療になるから手続きするよ。

薬がきかないからといって手術はしませんと言われた。運を天にまかせるだけ。待合室で、入院中に同室だった患者さんに偶然会って励まされたよ！　その方が言うには〝ピンチはチャンス、治らないわけがないと思って好きなこと、やりたいことをやればいい、私は1年前に1年後はどうなってるかと心配されたが、ほらこんなに元気よ？〟と大笑いしていた。

同じ患者さんから、何かメンタル面の治療をしていただいたようでよかった。

こぶは、人に恵まれていると、あらためて思ったよ。太陽みたいな子だから、まわりに人が集まってくるところがあるよね」

長男「前向きに考えよう！　何よりまだピンピンして今を楽しんでいるようだし。オプジーボの登場で劇的に治療成績が上がってるし」


再発がわかって、私は愛子の出勤、退勤、通院にできる限り立ち合うようにした。私の仕事はホテル勤務なのでシフト制だ。通院、入院時には希望休をとり、出勤前後には愛子の勤務先まで送迎した。

最初の頃は、「無理せんでいいよ。バイクで行くよ」などと言うから、「もうバイクはこりごりだよ。もし事故に遭ったら肝心ながん治療ができなくなる。しばらくはバイク禁止」と通告した。

少しきつく言わないと、すぐに「これくらいなら」と安心してしまっては元も子もないと考えた。

私も、愛子と過ごす親子2人だけの時間、車内の空間を大切に過ごしたかった。これからの時間は

1日1時間1分がとても貴重な宝物に思えた。

余命宣告という矢が、心に深く刺さったままだったのだ。

今の貴重な時間、会話というものを心に残したいという悲観的な気持ちが強かったのかもしれない。絶対、助ける。いい結果になった患者も大勢いるはずだと、マイナス思考をプラスにしながらも不安な日々だった。これは愛子も家族も当然一緒だし、全国の同じ立場の方々もきっと同様に心の葛藤の中で暮らしておられると思う。

出勤の朝、愛子はいつもぎりぎりに車に乗り込んできた。それを言えば不機嫌な態度で「だったら1人で行く！」と言うのは日に見えているから、結構気を遣わせる。向こうっ気が強い意地っ張りな子なのだ。「もう5分、早く来てね。お父さんも事故ったら大変だろ」と遠回しに言うのが精一杯だった。

福岡市の道路事情というのは、以前から変わらない。大渋滞に信号の数が多いことときわまりない。かなり前だったが、東京の友人が博多の真っすぐの道路を走っているときに、前方に無数に重なる信号を見て「また信号！　また信号！　あそこにも……あそこにも、何なんだ！」と怒っていたことを思い出す。

近道を走りながら、ぎりぎりセーフで送り出す。車を降りれば、いつまでも笑顔で手を振って会社の門を潜っていった。この笑顔を見たいために何かをしてあげたくなる。これは、何も私だけに限ったことではない、ということが、のちに親交を深めたみなさんに伺ってわかったことだった。

父の日 最後になるなんて　２０１８年６月17日

６月の父の日、愛子からプレゼントが届いた。ベトナムコーヒーだ。ホイアンのホテルの朝食ブッフェで感激していた私を愛子はしっかり覚えていてくれたのだ。

「どうやって手に入れた？」と聞くと、「へへ〜Ａｍａｚｏｎだよ〜ん」と笑って答えた。日本では、輸入専門店でもベトナムコーヒーはなかなか置いていない。南米系かハワイ系が多いので、またいつか行けたら買おうくらいに考えていた。

「楽しかったよ　ベトナム」
愛子の優しいメッセージだった

毎朝の楽しい親子通勤も長くは続かなかった。１回目の分子標的薬「ボトリエント」の副作用が徐々に出てきた。息苦しくて喉の奥に何かが詰まったようで、呼吸するのが困難な時があるという。時折、我慢できなくなって早退することもあった。下痢もボトリエントに多い副作用のようで、仕事との両立が難しくなり、7月から休職することになった。
抗がん剤と比較したら、まだ分子標的薬の方が副作用の苦しさは少ないと聞く。しかし、がんをやっつける際、がん細胞のみならず正常細胞まで傷めるために、様々な副作用が起こる。最初に投与されたボトリエントのマイナスの作用が徐々に現れてきた。

6月23日　長男とＬＩＮＥ

私「こぶが7月から休職するよ。昨日、会社に送って行くときに咳が酷く会社への道をＵターンして大学病院に連れて行った。幸い、主治医の先生が来てくれて、食べ物が詰まる、背中が痛いというから胸だけＣＴを撮って検査。胸に何かができているわけではなくボトリエントの副作用のようだった」
長男「副作用は覚悟しないとね。本当に切実に完治してほしい」
私「仮のＣＴだけど肺の癌細胞が小さくなって見える。胸のつかえは、リンパ節の癌の状態が薬の作用なのか大きく黒くなっているようだよ。これは癌細胞が壊死するときに爆発するように一時的に大きくなるらしいよ。だとしたら大きな効果。いい方向にいってほしいよ。お母さんの食事療法もかなりの効果じゃないかな。
病院に向かう時は泣いてたよ。胸に何かができているのじゃないかと」
長男「お母さんは相当拘りの強い人だから、それが愛子の食事にプラスに働いているね（笑）」

実はこの頃、妻は熱心にがん対策の食事を調べていた。糖質カットのケトン食がいいと、バランスを考えながら努力していた。がん細胞は唯一糖質を栄養源にしている。人間は糖質が不足すれば脂質からケトン体という成分を作って生きていくことができるという考えのもと、医師によって出版された本を参考にしていた。

主治医からは「まったく根拠もないこと。人は糖質がないと生きていけませんよ。がん細胞云々の前に身体がもちませんよ。好きなものをたくさん食べてストレスを溜めないことが一番です」と言われた。ただ、家族として何もできず病院におまかせだけでは、不安な気持ちでたまらない。まったくありもしない、ばかげたようなことに手を出しているわけでもなく、一理あるものにチャレンジすることは、藁をもすがる患者と患者家族にとっては意義ある行為と思うし、妻を頼もしくも思った。

妻が用意する料理は、決して偏ったものではなく栄養価の高い内容で、「最初からこんな料理を食べて、日々トレーニングに汗を流していたら違ったかも!」と、「たられば」の話をよくしたものだ。後に、愛子がかかった腎臓がんは糖質カットどころでは歯が立たない種類とわかるのだが……。

愛子の最終出勤日、帰宅時にいつもの待ち合わせ場所に迎えに行った。いろいろな部署に挨拶回りをしているのだろう、30分ほど遅れて姿が見えた。その後ろに職場の人たちが愛子の荷物をかかえて見送りに来てくれた。

私は「愛子の父親です。この度こんなことになりまして……何と言ったらいいかわかりませんが……戻れたらまた娘のことをよろしくお願いします」と言うのが精一杯だった。

3人の中の1人の女性が「帰ってきてね……」と、今にも泣きだしそうで私も言葉がなかった。

つらい空間に時計の針が止まったかのようだった。

電力会社に勤務していた愛子は、スタッフのみなさんから可愛がられ、マスコットガールの一員としてキャンペーンのイベントの会場でこんな姿（左写真）を披露したことがあった。

もう一度、こんな元気な姿でカムバックしてほしいと切に願う日々だった。

会社のキャンペーンイベントで踊る

社内の表彰の最中におどける愛子……やれやれ……

セカンドオピニオン　２０１８年7月10日

セカンドオピニオン。がんにかかっていない人でも今ではよく耳にする言葉だ。家族間でも、一度違う病院で意見を聞いてみることも必要と話し合って、国立の専門病院に行くことになった。

大学病院で紹介状を書いてもらい事前に郵送、そして予約日を迎えることに。広い駐車場に入り受付へ向かう。さすが国立の大きな病院で、家族の宿泊施設も併設されている。待合室に向かうと、がんという病気だけなのに何という患者の数。今では２人に１人はがんになるという言葉が嘘ではないことを思い知らされた。

約60分の相談時間にどんな話が聞けるのか、小さくてもいいから何か希望が持てる内容だったらいいなと期待しながらドアをノックした……ところが……。

「大学病院の主治医の先生とは親しくしています。腎がんが転移して現在分子標的薬で治療なさっている。私もまったく同じ治療をします。同感です。

はっきり言いますけど、転移性の腎がんは治らないんですよ。だから治そうとは思わないことです。薬を投与しながら、少しでも長く生きていくといった生活になる。治すではなく、悪化しないように薬を変えながら様子を見ていく。

それからね、来年こんなことしようとか、来年ここに行こうとか思うことがあれば今年……それも早いうちにやること。前倒しに実現させることです。

来年旅行しようと思っても、その時の体調がどう変わっているかわからないでしょ？

ほかに何か聞きたいことはありますか？」

「はい……わかりました」

愛子は、何か空しそうな空元気《から》とでもいうのか、そう答えるのが精一杯だったのだろう。私達もその後の言葉も出ず、ほかに何か小さくても光がほしいというような、かすかな期待もどこかへ吹き飛ばされ、空しい帰路に就いた。

車を運転しながら、なぜか怒りが込み上げてきた。

「ここに来るまでけっこう面倒な手続きを経てきたよね。俺たちはいったいここに何しに来たんだろう！　治る道があるどころか、治らないと断言され来年計画していることは年内にやれだと！　まるで来年あなたはもうこの世にいないんだよ！　死ぬんだから！　だから今年中に人生を精一杯エンジョイしなさい！　と言われていることと同じじゃないか」

愛子の前では言えず、帰宅後に妻と2人で憤慨したのだった。

乱暴な受け取り方かもしれない。しかし、かすかな道も示されることなく、面倒な手続きをやったあげくに「治りませんから」と返され、決して安くはない料金を支払い帰路に就く。セカンドオピニオンっていったい何なんだと思った。下世話な言い方だが、「金を払って死の宣告を受けに行った」……そんな一日だった。

しかし、後になって考えれば、今まで何万、何十万という症例を見続けた医師の予言通りの結果になったわけだから、わからなくもない。「今更嘘を言っても始まらない、事実をはっきり伝えよう」ということだろうが、藁をもつかみたい患者と家族にとって、ここに至るまでの道のりと出合った結果はあまりにも残酷だった。

期待のオプジーボ開始　2018年7月25日

ボトリエントの副作用がきつく、休職することになったこともあり、主治医の判断でオプジーボに切り替えると言われた。ちょうどこの頃に、京都大学・本庶佑《ほんじょたすく》特別教授のノーベル医学・生理学賞受賞が決まった。

ワイドショーは、こぞってこの話題で持ちきりになった。「こぶし大の肺がん患者が、わずか3回の投与で3分の1にまでがんが縮小し、建設現場の仕事に復帰できた」など、成功例をいくつも報道するものだから、愛子も我々家族もこれに賭けるしかないと、期待と不安でいっぱいだった。

以下ＬＩＮＥのやりとり

私　「営業先のお客さんから聞いた話だけど、２週間１クールを６回繰り返したら癌が消えたそうで、それがオプジーボじゃないでしょうかってさ！　副作用もなかったそうだよ」

愛子「大丈夫！　その人みたいにきっと効くはず！」

私　「それからね、その方から言われたのが、お嬢様が前向きに絶対治る！　治す！　という前向きな気持ちでいればきっとうまくいきますよと励まされた。営業に行って良かったよ」

妻　「そうね」

長女「そうだね♥♥」

愛子は、オプジーボの開始入院の日、こんなポスターの写メを送ってきた（右写真）。

上条《かみじょう》咲貴也《さきや》さん（以下、サキヤさん）が主宰し運営するダンスチーム「サキヤ一座」に所属している愛子は、サキヤさんが経営するステージ付きのお店「ロザリウム」のイベントで時折ダンスを披露していて、今回は愛子……つまりあいりんがメインのポスター写真だった。

妻「わー　可愛い」
愛子「えへへー」
妻「いつ撮った？」
愛子「去年の2月！　サキヤの店　オープンの日」
愛子「オカンも来る？」
長女「オカン、オトンも行くなら3人で行こう！」
妻「ＯＫ！」

翌日の7月26日、いよいよ期待のオプジーボ開始。オプジーボのパンフレットを読んでみると、副作用が何と多いことか。重症筋無力症、筋炎、大腸炎、糖尿病、肝機能障害、肝炎、甲状腺機能障害、神経障害、腎障害、副腎障害、脳炎、重度の皮膚障害、静脈血栓塞栓症が出る場合があると記されている。なかでも、腎がんなのに副作用に腎障害とは何なのかと思った。これらの副作用が出ず肝心な治療効果が出ることを祈った。

愛子「投入!!」

点滴開始なのに、愛子は現場写真を送ってきた。この余裕に、待たされる家族としては若干の安心感を持った。

長女「ドキドキする　こぶ細胞　頑張って」
愛子「1袋50万！」
長男「3年前は100万超えたよ」
私「夕方、お母さんと行くよ。副作用で性格が凶暴になってないかな（笑）」

今では保険適用となった高価なオプジーボ、ついこの前まで手の届かぬ高嶺の花だった

退院後、愛子が今後の人生の賭けに出たのか、あれほど大切にしていた長い髪を切って気分転換すると言ってきた。何か大きな心境の変化だろうか、バッサリと思いっきりだった。今までの悪い気をたち祓う気持ちを込めたのだろうか。

放射線科の先生から、「それもいいことだね。気分一新して前向きに治療しましょう」と励まされた。

愛子のがんは放射線治療には弱くよい治療効果が出た。治療後の検査でみるみる消えていったことが確認できた。

思い切った決断。治療に賭ける意気込みは大きく何かを変えたかったのだと思う

「いっそ放射線で全部できませんか？」と相談したことがある。放射線科の先生も、「できる範囲でやってもいい、愛子さんの頑固ながんが、自分が担当するこの治療でこんなに効果が出ているし、私が治しましょう」と前向きに希望と期待の笑顔が出るコメントをいただいたが、主治医の先生からそれは無理との判断が出た。

内臓への放射線は、まず胃などの動く臓器は無理なこと、そして内臓壁を放射線で傷める恐れがあるとして却下された。

おばあちゃんへ花をアレンジ

2018年8月14日

快晴のお盆の朝、娘たちと3人でお墓参りに行くことになった。

おばあちゃんのイメージで愛子が花をアレンジしたいという。私の母だが、生前はおしゃれ大好きで、所謂ハイカラな服ばかり着ていて、その昔母が好きな俳優はマリリン・モンローだった。

幼かったころ、よく母に勧められてマリリンの映画などよく見せられた。愛子は、そんなおばあちゃんの気質を受け継いだようで、亡くなったあと母が愛用していた服や帽子、貴金属などを処分せずに自分のクローゼットに保存して、時折着用して楽しんでいた。「これ、おばあちゃんの服なんだよ」と、よく自慢していたし、またそれがよく似合って着こなしていた。

快晴のお墓参り、体調も良く、気は心というが、オプジーボが効いていると信じて髪も切って、元気溌剌な愛子だった。まさか、翌年にここで愛子に手を合わせることになるなんて……。

長閑なお盆の休日、しかし翌年2019年への不安は消えていなかった。

おばあちゃんのイメージに合わせてアレンジしたという花束を持って霊園に向かう

お墓参りの後、糸島の海を満喫した。最後の夏になるなんて、この笑顔から誰が想像できるのだろうか

NEVER GIVE UP

初めまして　あいりん！　２０１８年８月19日

愛子が出演する、ロザリウムのショーチケットを買って家族で初めて参加した。ベティちゃんや白雪姫になりきる演技が素晴らしいと、座長のサキヤさんから聞いたことがあったが、私は２０１３年の愛子のベリーダンスを初めて見て以来で、その時のイメージで訪れた。

想像とはまったく違って、演技する方も観客も一体化した不思議な空間だった。経営者でダンスの指導者でもあるサキヤさんの全く新しいジャンルなのだろう、「楽しみながら楽しませる」といったアットホームなショーを観て、愛子にぴったりの居場所なのだと実感した。

次はこんなことをして観客を驚かせてみよう、楽しませてみようといった素晴らしいチーム、自宅での「こぶ」とは違った愛子の、もう一つの家族のようにも感じた。ここにいるのは愛子ではなく、まさしく「あいりん」だった。

父親として初めて撮ったあいりん
そこにこぶはいなかった

サキヤさんと息の合った演技を披露した

ショーが終わって「楽しかったあ！」と満面の笑みを見せていた
しかし元気な愛子は８月をピークに、次第に異変に悩まされていった

倒れた??　２０１８年９月６日

仕事中にＬＩＮＥが入った。

愛子「たおれた」
私　「たおれたって何？」
愛子「貧血で倒れて、動けなくてうまく連絡出来んかった😁　でも今はもう元気😁」
私　「今、会社から帰るところ　病院に行かんでいいか？」
愛子「たまにこういうことはあったけど、今日は完全に意識を失ってビックリした！　でも大丈夫よ😀」

貧血なのか、気を失って倒れるとはただごとじゃない。診察時に相談してみることにした。

10月1日　ＬＩＮＥ
愛子「今朝、激しすぎる頭痛で目が覚めた。横向いたら少し楽で、また寝たけど起きたらまだ凄い痛みで首の後ろが張っている感じ。病院に行こうと思う。ちょっとたまらん」

私　「お父さん会社にまだいるからいけない。先にタクシーで行って。あとで連絡する」
私　「もうすぐ病院に着くよ」
長女「どうだった？」
私　「ＣＴでは頭に肉眼で見れる何かとか頭痛を引き起こすものがなかった。とりあえずよかった」
長女「眠れない緊張とか背中の痛みで首に負担があるからかも。明日、首のマッサージしてあげるよ」

10月2日

ＣＴ検査で少し安心して、１日ドライブで気晴らししようと出かけた。唐津（佐賀）のホテルでランチブッフェを食べて、呼子《よぶこ》にイカを買いに行こうと、家族でよく走った湾岸ドライブに久しぶりに出発した。愛子も、この日は頭痛を忘れたように海風を満喫していた。髪の色が変わったからではなく、上海から帰った頃から見たら、かなり痩せたように思えた。

愛子は、オプジーボの副作用である橋本病にかかっていた。

病状の改善は、近々行われるＣＴ検査でわかるものの、分子標的薬が変わっても、副作用の症状は必ずといっていいほど現れていた。きつい副作用が出ても病気が改善されればよいのだが、これは検査日を待たないとわからない。

橋本病とは、バセドウ病の逆の状態で、一度かかった病気に対して「これは敵だ」と免疫力で闘う

唐津の砂浜で

呼子名物の露店の前で

が、自分の甲状腺をも敵だと勘違いして破壊する病気。オプジーボで免疫がアップしても、正常なものまでがんのような大敵と勘違いして攻撃する。抗がん剤と同様に、分子標的薬も完璧ではない。

　副作用に愛子はすっかり悩まされていた。

ドライブから帰ってＬＩＮＥ

愛子「目の奥が痛い」

私「マッサージしてもらって揉み返しもあるしドライブで疲れたね。今日はリラックスして寝て」

愛子「うん😊」

長男「(金髪の写真を見て)愛子の髪型凄いな〜。橋本病は髪が爆発するんだ😊」

10月3日　ＬＩＮＥ

私「今、朝のワイドショーでオプジーボやってるよ。肺がんが消えて職場復帰した人が出てるよ」

長男「凄い薬だよね！　愛子も必ず回復する」

私「画期的、１９９２年にできたってね。なお、開発中。日本は普及するたびに安くなるって言ってるよ」

愛子「オプジーボ様」

愛子「こぶの入院友達はオプジーボも１本２００万の抗がん剤も全く効果がなかったって言ってた
そういう体質の人も居るんだね」

私「首が痛いのは、マッサージした揉み返しかな？」

愛子「違うと思う。頭痛は少し治ったけど枕も合わないし、どんな体勢で寝ても痛い」

愛子「この激痛はわかってもらえないね」

10月4日　ＬＩＮＥ

私「おはよう。喉の腫れは相変わらず？　橋本病からくる甲状腺の腫れが酷い状態なんやろうか。我慢できないなら、橋本病の担当医に相談してみようかな」

さっそく、病院に検査に行った。

愛子「今、大学病院。頭痛や首周りの痛みは橋本病の始まりが原因だった。数値にははっきり出た」

長男「免疫力を強化することで、Ｔ細胞が間違って甲状腺の正常細胞を攻撃してしまうみたいね。対処法や治療法は確立しているから、治療すれば回復するね」

私「甲状腺ホルモンが一般人の5分の1以下に低下していた。脳がホルモンを出しなさいとフルに働いているために起こる頭痛なんだ。橋本病が始まった」

愛子「首のコリかなと思ってまだ全然良くならなくて、目の奥の痛みも首の凝りからくるってネットで見た。形成外科に行った方がいいんかなあ」

10月6日、愛子からＬＩＮＥが入った。

愛子「入院した😨」

私「ええっ？　お父さん今日休みで近くにいるから、今から行くよ」

家族ＬＩＮＥで連絡

私「先生も言ってた橋本病の始まりで、甲状腺ホルモンの低下による頭痛と言われていたけど入院した。今から点滴で痛み止め。次の検診日と、次のオプジーボ投入まで入院するかも」

愛子「ご飯食べて薬飲んで点滴しながら爆睡したよ😊　とりあえず、薬が効いて楽になった」

私達は診察でも結果を言われたので、頭痛は副作用である橋本病とすっかり信じ込んでいた。

10月7日　LINE

愛子「吐いた😵」

この頃から、時折嘔吐するようになってきた。

打ち砕かれた祈りと期待　2018年10月9日

愛子「もうすぐCTに呼ばれる。そして今日のオプジーボ中止って！　昨日の夜からまた頭痛が酷くなって大変だった」

私「CTが先なら、お父さんたち何時に行ったらいいかな」

愛子「内分泌の診察もあるし時間が読めない。予定通りじゃ遅いかも」

私「わかった。とりあえず1時に行くよ。早く頭痛がおさまってほしいね」

診察結果が出て呼ばれる。大切なオプジーボを中止？……変だなと思っていたら、先生含め医師が3人、私達のうしろにも看護師2人で計5人も付き添ってきて診察室へと向かう。何か変だ。

こんなとき、患者の家族として、どんなことを想像するとお思いだろうか。普通、家族と患者本人で向かう診察室に、大勢の関係者が物々しい雰囲気で取り囲み、診察室へ同行する。

私は主治医の口から、「よかったですね。がんは消え去りましたよ」というような、嬉しい言葉が出てくることは期待できないと思った。はっきり言って、同行してくれた看護師の役目は、悪い結果の宣告を受け、取り乱す患者側をなだめる役割で寄り添っているのだろうと思った。

CT検査結果をパソコンで見せながら、主治医の口から出た言葉は想像を超えていた。

オプジーボは効かないどころか、がん細胞はさらに増大増殖を見せ、この画期的ともてはやされ、世界の一大イベントで賞を獲得した高価な薬物が、愛子にはまったく無意味で効果がでなかったことが証明されたのだ。

今朝、愛子から聞いた「今日のオプジーボが中止になった」の意味がやっと理解できた。やっても効かない投与を無駄にやるわけにはいかない。それよりも次の手をということだろうが、愛子本人はもちろん、私達家族の期待と祈りは無残にも打ち砕かれた。

愛子は、5月の転移宣告の日よりも、これほどな仕打ちがあるのだろうかという表情で泣いた。気丈な子が、まるで張りつめていた緊張の糸がプツンと切れ、細い一本の糸で支えていた涙のダムが決壊したかのようだった。

私達夫婦も、この無情な結果に言葉を失っていた。オプジーボが30パーセントの患者に対してしか効果がないことはわかっていた。しかし、70パーセントには入ってほしくない。3対7でも可能性は五分五分だと信じていた。

先生から「オプジーボの効果は残念ながら期待できなかったので止めます。しかし、まだまだ分子標的薬はあるので次の薬が決まったら連絡します」と言われ、そして愛子に向かって、「旅行計画しているのならキャンセルしちゃだめよ。それはそれで前向きに行ってね。気持ちで負けないで」とショックを受けている愛子に優しく語りかけた。

愛子もすすり泣きながらも、「旅行は行きます！　絶対に行きます！」と精一杯答えていた。

実は、夏休み真っ盛りの7月に、家族で団結して戦おうと、秋も深まる11月のタイ旅行を申し込んでいた。これは、あのセカンドオピニオンで言われた「来年計画しているなら今年に前倒しで！」というアドバイスも、私の頭の中にしっかりと残っていたためだった。

また、愛子も期待１００パーセントのオプジーボで歯が立たなかった結果を受けても、前向きでひた向きな生きる希望は、まだまだ衰えることはなかった。それどころか、タイ旅行を決めたとき、バンコクでニューハーフショーを見ることを心から楽しみにしていた。

ショーに出演する人たちを愛子は、「化粧からステージ衣装まですごく真剣で絶対参考になる！楽しみ～！」と心待ちにしていた。私も、オプジーボで改善の兆しが出て、ベトナムのホイアンでのランタン祭りみたいに、タイのナイトマーケットで全てを忘れて買い物に夢中になる娘たちを見たいし、楽しませてあげたいと願っていた。

私「今日の結果は涙で流して次の薬に賭けようね。当分、今後の仕事とか考えずに楽しいことを考えて過ごそうね。退院したら、思いっきり美味しいもの食べよう！😁
こぶが悩む暇もないくらい旅行とかドライブ企画するよ。前向きにね。先生が言う通り気持ちが勝つ秘訣。治療は先生、我々は気持ちで乗り切ろうね」
愛子「うん！　気持ちで負けたらいかんね！　ありがとう😊」
10月9日　愛子からＬＩＮＥ
愛子「オトン、今忙しいだろうから見たら返事ちょうだいね。どうやら頭痛の原因は橋本病ではなさそうな気がするので、気になるから午前中に来て。先生はきちんと説明したそうだった。ご両親が来れる時間にって言われた」
私「明日は朝行けるよ。10時くらいかな。決まったら教えて」
愛子「わかった。伝えるね」
長男とＬＩＮＥ
私「ＣＴが3カ月に1回だからとても不安。オプジーボやってもたった3カ月でこんなに進行して、
1月にどうなるのか。新薬に期待するしかない」
長男「仕方ないね。速いよ」

私「お母さんが、頭のMRIかなり深刻な結果かもと言う。昨日、先生がお父さん探しに来て出勤した後だったから残念がっていたらしい。明日の結果が不安だよ。もう何も起こってほしくないね。こぶが一番心配だろうけど家族の心労もかなりね」

長男「何とも言えないね。結果を聞くしかない。けど発見が遅すぎた。しかし、まだまだ手があるから諦めないよ」

私「こぶは強くなったよ。あきらめたりはしないだろうけど、一人ベッドで不安に襲われていると思う。痛いときは、不安より痛みから解放されたいという気持ちだろうけど、痛みから解放されたときはもっと不安だろう」

わずか3日後　2度目の宣告　2018年10月12日

家族間の不安は残念ながら的中した。

頭蓋骨の外側の動脈が走る部分に転移が見つかった。血液の流れを阻害して激しい頭痛に襲われていたと診断を受けた。しかも、小脳の部分にまで小さな転移もあり、もうどこの転移を心配すればいいかわからないほどの状態だった。わずか3日前の診察で、主治医より「旅行はあきらめちゃだめだよ。キャンセルせず行ってね。負けない気持ちで」と言われたのに、今日は「頭に見つかったから飛行機はダメだよ。車での移動だったらいいよ」と急展開。

愛子が激しい頭痛を訴えていたのに、1カ月近くオプジーボの副作用の橋本病だと診断され、家族もみなそれを信じていた。頭だけにはいってほしくないという願望も、儚く散ってしまった。たまたま橋本病にかかっていたので、医師もそれが原因と思い込んでいたのだろうが、CTの結果だけでなくMRIで詳細な検査をやって診断を下してほしかった。橋本病と決めつけられ、頭痛に耐え続けた1カ月は何だったのか。

そして、何度も宣告を受け、顔面蒼白になって泣く愛子が可哀想でならなかった。

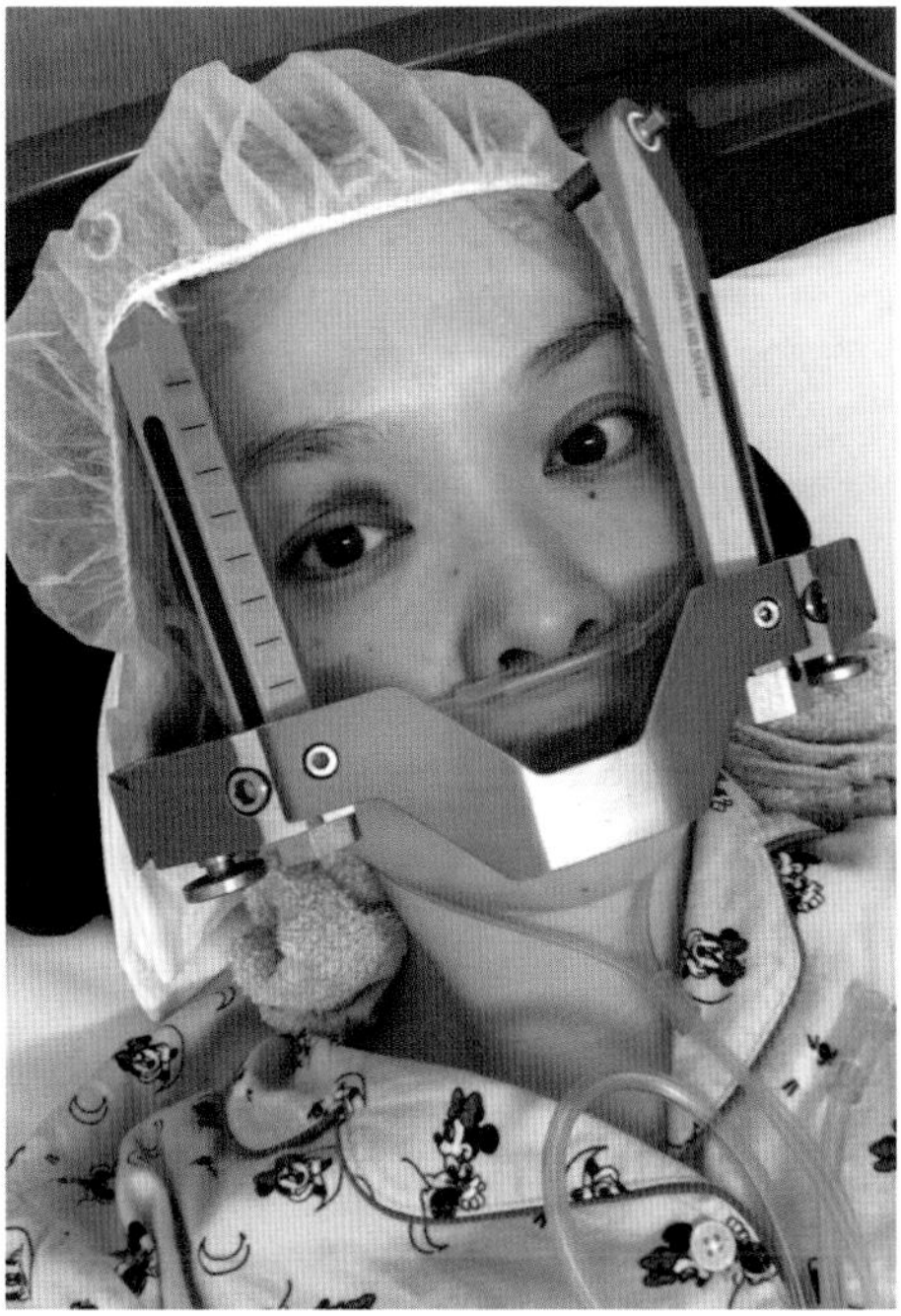
ガンマナイフ手術前に動かないように金具で固定される。次々に襲いかかる試練に怖いと言いながらも、まな板の上のコイだった

長男へのLINE

私「今、診察結果を聞いた。残念ながら頭にも転移が見つかった。視界が狭くなっているのもそれだった。小脳にも小さなものが見つかり、これは手足の動きや日常の動作にいずれ影響してくる。

後頭部は、ガンマナイフという放射線治療をするかも。方針が決まったら、W病院に入院することになる。小脳に転移した部分は新薬で対応。新薬の名前は『インライタ』。連日のショックで言葉にならないよ」
長男「インライタにかけるしかない。ショックだけど……しかし増殖が速いね。薬が効いてほしいね」
私「頭のガンマナイフ。大学病院に戻って背中への放射線治療。それからインライタ。年内かかる。次の3カ月後、1月の検査が怖いよ。ただただ祈るだけ」
長男「祈ろう！　今月末福岡に帰ろうかな」
私「うん！　帰れる日が決まったら連絡もらえる？　お父さんも休暇を合わせるよ」

病院から病院へ　２０１８年10月17日

治療技術の進歩で、頭の手術も開頭手術ばかりではなく、ガンマ線で病巣を切り取るという。入院期間も2泊3日で良いことになった。

大学病院からW病院に転院し、翌日に手術をして3日目には退院してまた大学病院に戻ることになった。都市高速を使って約30分、頭ということもあって、揺らさないように高速でスムーズに移動した。

退院の朝、LINEで写真が届いた。病室から見た都会の虹

愛子「歯磨きしてたら虹が出た😊」
私　「希望の虹　きっと叶うよ😉」
愛子「うん😊」

フェイスブックで告白

2018年10月20日

愛子のフェイスブック上での初告白をここに再現したい。ここには愛子の生の声がそのまま再現されていて、心の叫びを感じていただけると思う。

がんにかかった方なら、誰もが折れそうになる心との葛藤に悩み苦しむだろう。

同じように愛子も戦っていた。病が見つかって1年後に、思うような方向にいかない危機感を世間に向かって叫ぶことで、その活路を見つけたかったのかもしれない。

病室のベッドで、一字一句考えながら心境を語った状況が思い出され、私は胸が熱くなった。


近況報告というか何と言うか。

最初に言っておきます。

病気のことなので、不快に感じられる方は是非スルーしてください。ここで公表することでもなければしない事でもないので。

自分の日記的な感じで書いて行きます。


わたし、癌になりました。

それが分かったのはちょうど1年前の去年の10月2日。

その直後摘出手術を受けて順調に過ごしていたけど、今年の5月に転移が判明。

その後から薬物療法で治療をしたが体に合わず断念。今年の7月から今巷で有名なオプジーボを使った化学療法に切り替えた。治療は最初順調に進んで行き、てっきり私に合っていて効いてくれてると信じていた。


しかし今月の頭から、今までに経験したことのないひどい頭痛と目眩とふらつきに襲われ何度も病院を受診したところ、結局オプジーボは私には効き目が無く、体のいたるところに新たに転移が判明し、脳にまで転移していた。大至急脳専用の放射線治療ガンマナイフを受けに専門病院へ。頭骸骨に金具を固定して行う方法。怖かった～　まぁほぼ寝てるんですが、しかし怖かった。昨日ガンマナイフから今の病院へ帰って来て、また穏やかな日々を送っている。頭痛はだいぶなくなり、やっと食事も摂れるようになった。嘔吐もしなくなった。

このまま脳腫瘍が少しでも小さくなってふらつきや目眩が無くなりますように。

普通に出かけられる日がまた来ますように。

たくさん予定してたことがまた問題なく出来ますように。

巷ではオプジーボは奇跡の薬だと騒がれています。確かに効けば奇跡だと思う。でも、その薬も効かなければただの高価な液体です。それを分かってほしい。現状維持も含めて効果があるのは投与した人のほんの3割だけ。その中で奇跡的に癌がなくなった人はほんの一握り程度です。

報道ってすごい力を持ってるなぁと思います。

私はこれからまた体の方の放射線治療と薬物療法で治療をしていくんですが、これにかけるしかないと思っている。

前向きに！　転移が分かった時は本当に、本当に本当に落ち込んだけど、落ち込んでては癌の思うツボ！　私はガンには負けられないし、しなきゃいけない事が沢山ある！

こんな身体の痛みに負けてる暇はない！

来月予定してた家族旅行も断念しなきゃいけなくなって、悔しくてたまらん！

もぅっ！　ぷんぷんだぞ！

と、いうわけでわたしはこんな感じで元気なような元気じゃないような感じで生きてます！


告白に多くの温かいコメントが届いていた。


「しなきゃいけないことがたくさんある」

「落ち込んでいては癌の思うつぼ」

「痛みに負けてる暇はない」


フェイスブックで語ったこの3つの言葉は、最後まで衰えることなく自分の信条、格言として言い続けていたに違いない。どんなに泣いても、「私、もしかしたら……」とは決して言わなかった。

よく闘った。

恩師と級友がお見舞いに

度重なる試練に気落ちしていた愛子のもとへ、高校時代の恩師、崎村義光先生が級友で親友のあっちゃんと一緒にお見舞いに来られた。

ちょうど、私達夫婦も病室にいたため15年ぶりの再会に話が弾んだ。

高校の恩師と級友あっちゃんのお見舞いに最高の笑顔で

先生からのプレゼントに大喜び

先生が愛子に向かってこう言われた。
「今、やりたいこと。夢は何なんだ？」
愛子はこうはっきり答えた。
「私、トルコに行ってみたい。ベリーダンスもある国だけど、イスラムの文化にふ

高校時代の想い出写真。愛子は先生が大好きだった

れてみたいんです」

「行けばいいじゃないか。しっかり治して行けよ。行けるさ」

愛子も「はいっ！」と笑顔で答え、当時の先生と生徒のかけあいが続いているようで、愛子だけでなく私達にも力強い言葉をいただいた。

愛子は高校時代国際コースに通い、カナダで3カ月のホームステイを先生、級友たちと一緒に過ごし、貴重な体験をした。

この時のクラスメイトとは、卒業してもその絆が絶えることなく続いてきた。親としても微笑ましく、卒業して15年、あの時のままに今も集まって親交を深めるなんて、なかなかできないことだと思う。愛子は、学生時代も、人の何倍もの深い友情をはぐくんできたのだろうと感心するし、同級生のみなさんにこの場を借りて心から感謝したい。高校時代に無欠席で表彰を受けたのも、クラス仲間の温い友情の賜だと感謝したい。

親バカと笑われるかもしれないが、実は愛子がカナダへ旅立った日の夜、星が輝く空を見上げて涙が流れたことを思い出す。3カ月経てば帰ってくるというのに……。

今は何カ月も経つのに帰ってこない

永遠になんて……　　　残酷すぎるよ……　　　神様

CLASSMATE

Memories of homestay in Canada

九州女子高等学校の国際コースでカナダへホームステイ
ホストファミリーともすっかり仲良しに

桜が見守ってくれた日々
満開の桜たちが見送ってくれた

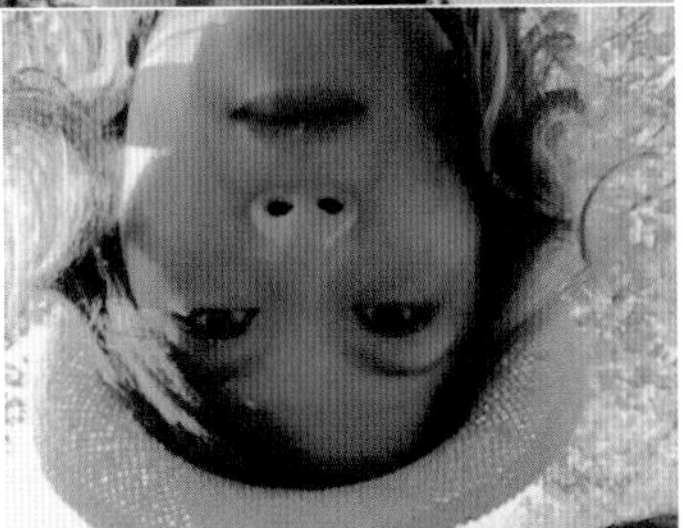

泣いて笑って
食べて飲んで

Kumako

みんな揃えば
言葉はいらない
みんないたから
耐え切れた

DISCOURAGED

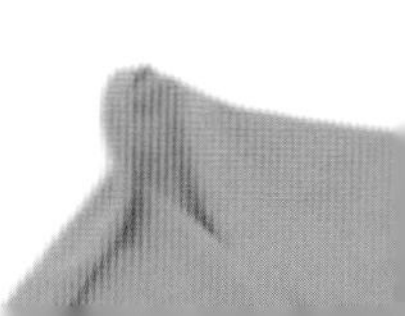

踊れない　最後のステージ　２０１８年11月18日

秋も深まった11月の上旬に退院、わずか2週間後に「上条咲貴也一座」のミニショーに出演した愛子。痛みも出てきた愛子に動きの少ない演出をと、サキヤさんが考えた演目。ダンスというより演技に近く、これが愛子の最後のステージになった。

サキヤさんの演出はベリーダンスに特化せず、今回もフラダンスやアルゼンチンタンゴと色々とエンターテインメントで楽しませてくれた。愛子はセーラームーン姿で精一杯の笑顔を見せたが、痩せてしまった脚が痛々しくも見えた。元級友もかけつけて記憶に残る１日になったと思う

「先生　もう慣れました……」　２０１８年12月４日

10月の2度にわたる宣告、ガンマナイフによる頭部の手術を経て、オプジーボの次に投与を続けてきたインライタの結果を聞く。今までは、３カ月に１度の検査だったのに2カ月後に検診。医師も増殖が速い悪性がんに検査を早めたようだった。

しかし、今回もまた期待を裏切る結果が待っていた。

がん細胞の増殖を抑えるどころか、副腎のがんが３センチから7センチに倍増、肝臓に転移したがんも大きくなっていた。

この薬も中止、7日から2泊入院でトーリセルという点滴による分子標的薬に変更になった。

治療スタッフも、愛子のがんの進行スピードに驚いているらしいが、愛子はＣＴ結果を聞いたとき、こんな言葉を先生に投げかけた。

「先生、もう慣れた!……もう（悪い検査結果に）慣れました!……」

それはもう、一瞬自暴自棄になったような無表情で、希望を失ったかのように見えた。

10月の涙と違って、何か覚悟めいたような、もうどうにでもしてくれといった「期待などしていなかったよ」とでも言いたげな力のなさだった。もし私だったとしても、そんな気持ちになると思うし、病院に頼るしか道がない家族としては、いったいどうなるのかといった不安でいっぱいだった。

先生も「いや、まだまだ薬はあります。あきらないで」と言われたが、なぜか精一杯な印象はぬぐえなかった。この頃、免疫治療で有名な病院にセカンドオピニオンを頼むために電話をかけた。年内いっぱいは予約で無理とのことで、年が明けて1月に予約が取れた。

長男にも今回も残念な結果に終わったことを連絡。何か感じるものがあったのか、名古屋に家庭を持つ長男は、年末にも関わらず単独で帰ってくると言ってきた。妹の危機に、多忙ななか何度も帰ってきてくれた。愛子にとって、幼いころは兄弟げんかばかりの兄貴だったが、頼りがいのあるお兄ちゃん、「つらい。悔しいけど奇跡を信じるしかない。奇跡は起こる！」とLINEを送ってきた。

大学病院で10例もない悪性がん　2018年12月7日

トーリセル開始のために入院した。いつもの階の泌尿器科病棟がいっぱいで、上の階に急遽入院することになった。

愛子は、これで数えて6回目の入院になる。入院時には看護師さんたちも「お久しぶりー！」とすっかりなじんでいた。私も「愛子は入院のプロだなあ」と、落ち込む気持ちや雰囲気を自虐的な冗談で返した。後日看護師さんから聞いた話で、「今までの患者さんのなかでも、愛子さんはすごく印象に残っています」と言われたほど、看護師のみなさんに馴染んでいた。

日本の医療関係に従事する先生や看護師さんの仕事は、医師不足、医療スタッフ不足で言葉で簡単には言い表せないほどに過酷な仕事だという。そんな中でも、明るく元気に接してくださる姿に心から敬服したものだ。

一度、愛子が入院中にこんな夢を見たらしい。飛行機禁止令が出てキャンセルしたタイへ、旅行に旅立ったと言う。しかし、一緒に行ったのは家族ではなく、泌尿器科の看護師さん達だったというから驚き。どれだけ患者と病院という関係を超えた信頼関係を持っていたのか。夢のなかで、看護師の○○さんがスーツケースをガラガラと引っ張って、搭乗口まで一緒に歩いて行ったと話していた。

この話を看護師さんに伝えたら、愛子に「いいねえ！　一緒に行きたいよね！」と嬉しそうに答えてくれた。

今回はいつもの病棟ではなく階を変えて入院することになったが、ここでも愛子らしさは失われていなかった。

同室の患者さんに人生経験をいろいろ聞かせていただいて、また新しい人間関係を築いて退院した。

入院手続き後に、副担任の先生から

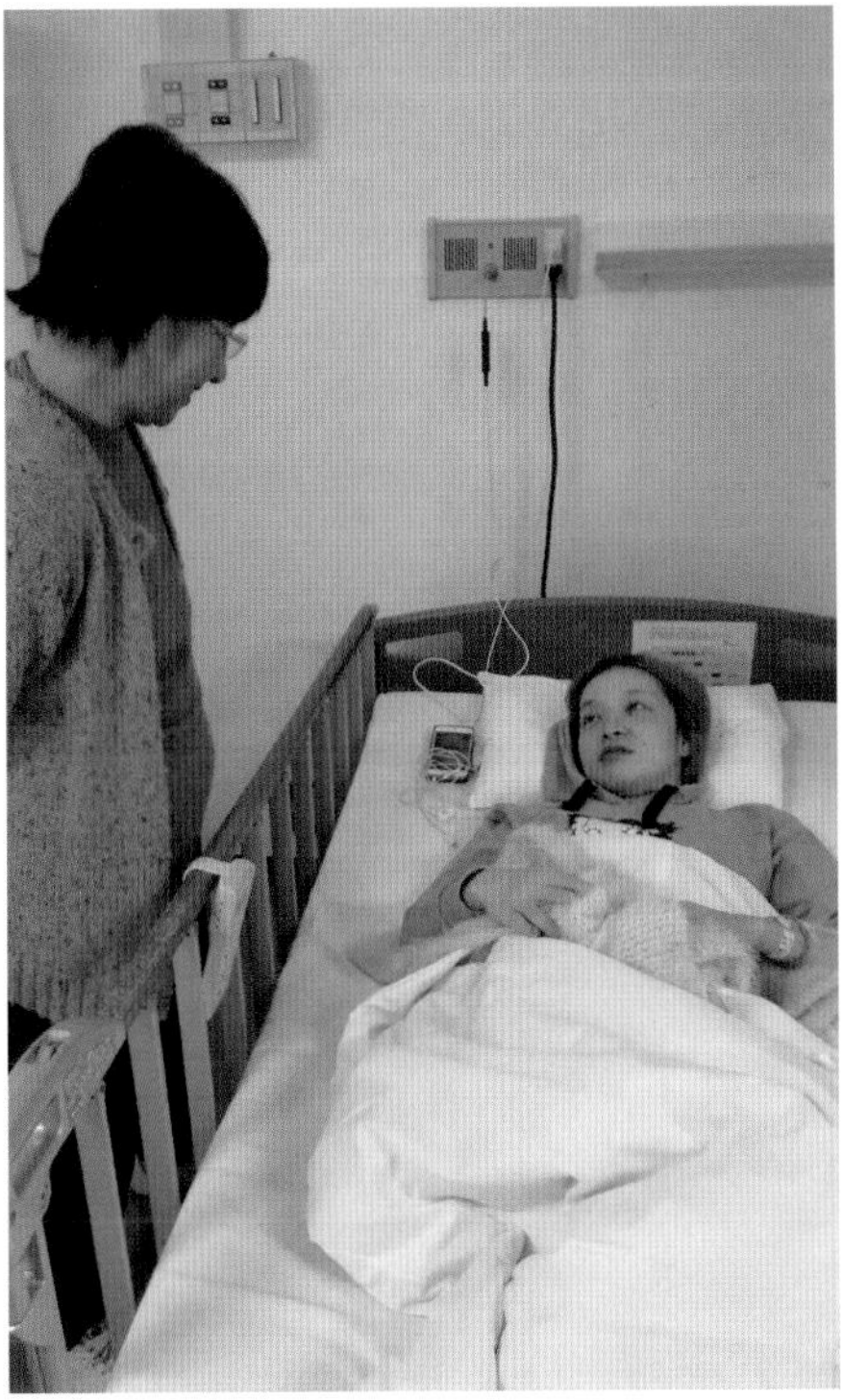

すっかり慣れてしまった入退院。12月の肌寒さからトレーナー姿でいた

個別に話を聞いた。結果を長男へＬＩＮＥで送った。

私「今日、入院の後に副担当の先生と話したよ。今後のこと。愛子の癌は大学病院でも過去10例ほどしかない、極めて珍しい悪性の癌で、しかも進行が速いタイプだそうで危ないよ。年明けたら痛みが出てくる可能性が高い。

しかし、４番目の治療が始まったばかりだし、まだまだあきらめないよ。

よかったら元旦一日でも一緒に過ごしてもらえないかな」

長男「覚悟はしてるけど、まだ可能性はあるからあきらめないよ。年末に帰ろうかな」

タイに負けない長崎旅　２０１8年12月12日

トーリセルの投与入院から退院して12日に長男へ連絡した。

私「こぶが、また来週の月曜から入院して腰に放射線治療。退院は28日の年末になったよ。薬が効かないこぶの癌が放射線には弱いことが分かって、放射線科の先生は副腎にも放射線で治療したいと言ってくれたけど主治医が反対。結局、脚の付け根の癌にだけ放射線治療をすることになった。

悪影響がなければ、すべての癌にやってほしいくらいだけどね。内臓はいろいろと問題があるんやろうね。

お父さんが火曜日から偶然3連休が取れたので、実は今長崎に来てるよ。こぶが動けるうちに、いろいろ連れて行ってあげたくて、みんなで盛り上げてるよ。昨日は長崎市内に一泊して今日、雲仙のみかどホテルに一泊して明日帰るよ」

長男「いいね！　たくさん楽しいことをしてあげたいね！」

私　「正月は、大晦日、元旦と仕事だけど元旦に帰ったらみんなで新年おめでとうをやろうね」

グラバー園でレトロな衣装を借りて記念撮影。木漏れ日の中に浮かび上がった愛子がとても印象的だった

TSINGTAO
TSINGTAO
PREMIUM
LAGER

フェイスブックより　２０１８年12月16日

先月のタイ旅行を断念せざるを得なくなったため、オトン氏の思い付きで長崎旅行へ😁

寒くなかったけど盛りだくさんで楽しかった😍

ＣＭでお馴染みの雲仙みかどホテル、凄かった‼

長女が提案「おとん今日はこぶをビール解禁にしてあげよう！」で久しぶりに家族そろって乾杯した。ジョッキ１杯を飲み干した愛子の「ぷは～！　美味あああい！」の一言がとても幸せそうだった

年末を迎えた今回の旅が、愛子にとって最後の家族旅行となった。あとわずか４カ月で旅立つとは信じがたい笑顔だった

「ラストクリスマスか……」悲しい独り言

長崎から帰って、放射線治療のために再び入院、退院は年末ぎりぎりの28日に決まった。

入院中、クリスマスイブを友人と過ごすために外泊許可をもらって一時帰宅した。

病院に戻るためにタクシーを待つ愛子を妻が目撃したそうだ。その時の、不思議な印象をこう語っていた。

「こぶがタクシーを待っている姿を見たけど……なぜか、こぶだけが周りから浮かび上がって光っているように見えたんよ。すごく不思議やったよ。それからね、こぶが、ある日ぽつんとこんなこと言ったんよ。ラストクリスマスか……って、そんなことないよと言ったけど……なんか覚悟めいた感じでね」

この言葉を聞いた瞬間、実は私も不思議な出来事を思い出した。

長崎グラバー園での記念写真（203頁写真上）を窓際に飾ったときのこと。

木漏れ日が写真の後ろから一瞬射した瞬間、愛子だけが輝き始めて私達家族から1人浮かび上がって見えたのだ。

家族3人が黒っぽい服を着ていることもあるが、何か天に舞い上るような、キラキラした愛子が微笑んでいた。

私は妻に「これ見てよ。何か変な感じがしない？」と言った。

「ああ……ほんとに……」

お互い、それ以上は口に出したくない言葉だが、お互いの「あ・うん」の呼吸でわかりあえた。

また、サキヤさんの一座の方からいただいた写真にも同じような光を感じた。夏の日の納涼船での写真（左写真）と動画内の愛子が、まるで何か合成写真のような、そこにいないのに立っているような、これは何なのだろうと驚いた。

「振り向き美人」と褒めていただいた写真なのだが、私はこんな気持ちで驚いて見ていた。

BONDS

想い出の家族写真　そして救急搬送

年末の27日に長男が単身で帰ってきた。家族みんなの心にある、今年の正月が最後かもという気持ちの中で迎えた新年。

「平成最後の新年か」と感慨深げに家族団欒でのお正月。子供たちがまだ幼かった頃、おめでとうのあとに3人に渡したお年玉がつい昨日のことのようだ。そんな子供たちも30代のいい大人になった。あとは頼んだよと安心して年老いていけない現状に、何か寂しさ、悲しさ、虚しさが込み上げてくる。愛子は、久しぶりに5人そろった中で、子供のようにはしゃいでいた。

正月に、家族そろって写真を撮るなんて何と久しぶりなことか。今年は乾杯の前から、三脚を用意してバッテリーを充電し準備していた。

「さあ、食べる前に撮ろうか！　料理なくならないうちにね」と声をかけたら、いつもなら「いいよ！　そんな！　写真とか」と断られそうだが、今回は写真の意味をみなそれぞれがわかっていたようで、カメラを見つめる。

着飾ることもなく、ナチュラルな普段着の家族写真を撮った。

写真を見た愛子が、嬉しそうに「いい感じ！」と喜んでくれた。

普段着の家族写真。１番体調が悪い愛子が１番の笑顔を見せるなんて

こんなお正月も束の間、1月14日の朝、仕事先でＬＩＮＥが入った。

妻「今から病院に行く。入院になるかも」
私「痛み？」
私「タクシーで頼む。あとから行くよ」
妻「痛みで吐くし、身体が動かない」
私「お母さんと2人で頼むよ」
長女「はい！」

しばらくして……

長女「今、救急車で病院に向かっている」
私「わかった。また、病棟とか居場所を連絡ちょうだい」

その後、夜には痛み止めが効いて愛子と連絡も取れるようになった。しかし、こんな繰り返しでまた退院しても、いつまでも悪化しないわけがない。大学病院でも、過去に症例が少ないほどの悪性がんと聞かされ絶望的になっていたが、手を尽くすだけやって、後は何もしないわけにはいかないのが家族というもの。焼け石に水かもしれないが、免疫療法をやっている専門病院にも、大学病院に入院しながら行くことにしていた。

愛子は、すでに車椅子が必要になっていた。

早すぎる余命宣告　２０１９年１月21日

大学病院で、愛子とは別に家族だけに説明を受けた。それは、もう覚悟していたとはいえ、あまりにも絶望、残酷な宣告だった。

「愛子さんの病状から判断して、余命２カ月前後だと思われます。オプジーボも含め、どんな治療薬も効果がありません。このまま当院としても入院を続けていただくわけにもいきませんので、緩和ケア専門の病院に転院いただくか、自宅で訪問看護の専門クリニックに来てもらうかの選択肢になります」

まだ、他の薬もあるだろうから手を尽くしてほしいと願ってはいたが、がんの進行スピードはわずかな期待も虚しく、医師に「手の施しようがない」と判断させるまでになっていた。

それは、もう見放されたという表現そのもので、「次に待っている患者がいるから、どうぞお引き取りください」と言われたようなもの。

その場で妻も泣いていた。今日は妻の誕生日だったが、思いもよらぬ宣告にショックは隠せなかった。

そんな宣告の後に、免疫療法の専門病院で初めて診察を受けた。

お腹の膨らみが気になっていたが、腹水が溜まり始めていた。「腹水」とネットで検索したら、「余命の始まり」と出ている。肝臓のがんの大きさと多さが深刻な状況だった。

来月の2月から、専門病院で免疫療法を始めることになった。

免疫細胞療法として「活性化リンパ球療法」を開始した。採血をした血液にがん細胞に対する攻撃力をつけた自身の免疫細胞を点滴で戻す治療法で、現段階では保険対象外の治療のため家計への負担は相当なものだった。しかし、先生の博多弁が混じった優しい語り口に、愛子はとても癒されると帰りの車の中で言っていた。

この治療方法が、今の病状にどこまで有効なのかはわからない。

でも、愛子にとってはわずかな希望の光であり、駆け込み寺のような病院でもあった。

この治療を繰り返したある日、横になって診察を受けている愛子に、先生がエコーを見ながら「腹水もかなり減っとるよ。もう、この画像では確認できんくらい減っとる。前から見た感じでは肝臓のがんも少ーしばかり小さくなっとるごたるねえ。いいんじゃない」と語りかけた。

愛子の顔に思わず笑顔がこぼれ、私と目が合い、私も声を出さずに口パクで「やった〜！」と伝えた。

思えば、3カ月検診の度に悪い結果ばかり聞かされ、落胆の繰り返しだったが、今になって初めて親子で笑顔が出た瞬間でもあった。

余命宣言の後の、重くのしかかる息苦しさを、精神的にでも癒していただいた先生の言葉に、心から感謝している。

しかも、先生は私にこうも言われた。

「嘘じゃなかよ。腹水はほら減っとろうが。患者には希望を持たせらないかんやろ」

主治医からの宣告を断る　２０１９年１月29日

１月末に、訪問看護の先生と看護師さんたちとの面接が決まった。そして大学病院の主治医より今後の見通しを率直に効いた。

「腎臓機能が著しく低下して腹水が溜まり、脚や顔の浮腫みが大きくなっています。肝臓への転移が大きいため、いずれ黄疸《おうだん》症状がでてくることが予想される。進行が早いので２月末前後が山かもしれません。わずかに食べた栄養もがん細胞が奪っている状況です。運命を１番わかっているのは本人自身だと思います。彼女はしっかり自分の運命を受け止めますよ。私から真実を伝えます」

「えっ？」

私は一瞬たじろいだ。

「本人に余命を言うのですか。いや……それはあんまりではないですか？」

「何も真実を伝えず逝かせてしまっていいのですか？　親に伝えたいこともあるでしょう！」

「いや……それはそうですけど……」

押しの強い先生なので、予期せぬいきなりの申し出にそういうものなのかと一旦受け止めた。が、しかしその後愛子との会話の度に、自分の弱さを見せず前向きな話をする姿を見て、運命を薄々わかってはいても、はかない希望を抱いて生きている。その、わずかな願いを潰すような残酷なことをしていいものか。家族とも話し合って、余命宣告は絶対しないでほしいと思った。

主治医に伝えたかったが、その日は手術が入っていて会うことができず、看護師の主任さんを通じて先生に伝えてもらった。

自宅看護になってからも、愛子が生きる望みを捨ててはいないことを随所に見て、言わなくてよかったと心から思った。

実は、これと同じようなケースを聞いたことがある。

私も大ファンだった、放送作家でタレントのKさんががんで闘病していたときの奥様のお話だった。愛子と同じように、自宅に戻ることが決まったKさんに、医師が「Kさん、どこで死にたいですか?」と聞いたそうだ。Kさんは、自宅に戻ったら、あれをやろうこれをやろうと自分なりに計画して喜んでおられたそうだが、その言葉を聞いた瞬間……。

「えっ?……おれ……死ぬのか……」と、急にその日から元気をなくし心なしか小さくなっていったそうだ。それから間もなくして亡くなったそうで、奥様が日本の医療システムに大きな疑問を抱かれているとのこと。

私も全く同感だ。

「あなたは今から○カ月の余命です。お世話になった人たちにご挨拶して悔いのないように最後の準備をしましょう」ということだろう。

本人が1番わかってはいるかもしれないが、そんな大きな不安を、弱った身体で小さな希望を抱いて、かすかな光を目指して戦っている愛子のような患者さんも大勢いらっしゃると思う。

それは、まるで洞窟に閉じ込められ、何日もかかって見つけた岩の隙間から射す太陽を、意地悪に塞いでしまうようなものではないだろうか。

「私が本人に最後通告をする！」ではなくて、まず患者の家族に相談をして、本人が伝えてほしい状況か、言わないでおくほうが賢明か相談をするべきではないかと思う。

以前は、がんが見つかった患者にいきなり知らせず、家族にまず説明して患者の性格や気質を伺って、言わない方がいい患者には、別の病名を伝えたりしたものだ。

私の父がそうだった。

62歳で胃がんが見つかった父は、豪傑な中にも繊細な部分が多い人だった。真実を伝えたら、おそらく本人の心には「がん＝死」という気持ちが先立ち、希望を失ったかもしれない。

しかし本人には、「酷い胃潰瘍だった」と先生から伝えてもらって、私達家族も「良かったね。胃がんじゃなくて」と言って励ました。考えれば、胃潰瘍で胃を全摘するわけがなく、今のネット社会では通用しない嘘を言って、本人に前向きに生きることを促した。

1週間後に退院した父は、すかさずウォーキングなどリハビリに精を出してステージ4を克服し、その後転移もなく余命4年の医師の予想を上回り18年生き抜き、81歳の人生を全うした。

今は、がんは治る時代とも言われ有効な新薬が次々に開発されている。

「検査の結果ですが、あなたは残念ながらがんです。しかし、今は様々な治療法があるので希望をもって治していきましょう」

という言葉から戦いが始まる場合が多い。100パーセント宣告するわけではないにしても、まずは真実を受け止め、本人も自覚して医師とともに立ち向かう。

しかし、最後の余命宣告は、患者をよく見極めてほしいと切に願う。愛子も、家に帰れるとわかって、あれをしたいこれをしようと家族に楽しそうに語っていた。

これが、私だったらどうなのか、ときどき自問自答することがある。

人生の締めを限られた期間でやるには、私は真実を知りたいと思う。大黒柱として、家族に引き継いでおかなければいけないこともあるし、お世話になった方々へのご挨拶も、元気を保っている間に伝えたい。それぞれの年齢、それぞれの立場、それぞれの考え方、そして個々の性格で違う対応をするべきだろう。

人生の帰路は線引きしてしまうような安っぽいものではない。

人生とは尊いものなのだ。

「さあ、お家に帰ろう」空しい退院　２０１９年2月1日

退院の2日ほど前に病室に入った私と妻は、「あれっ？　こぶ！　目が変！」と同時に声をあげた。ものが二重に見えると言い出したのも束の間、右目の眼球が斜視のようにずれている。看護師も「あら？　愛子さん目がずれてる。見え方はどう？」と言う。

私は病室の外に出て看護師の主任さんに、「脳への転移でガンマナイフをしましたが、またがんが大きくなってその影響では」と聞くと、「可能性はありますが、もうここで治療はできない。あとは在宅看護の先生に相談してください」と言われた。「もう、当病院の管轄ではありません」ということなのか。これからの退院後の看護がいかに大変になるかを感じ取った。

退院は誰もが午前中とされている。天候も良く、晴れ渡った青空のもとに退院した。こんな晴れた日に回復しての退院だったら、どんなに嬉しいことか。

いつもの通いなれた道に車を走らせながら、愛子に言った。

「さあ、お家に帰ろう……。帰れるよ……」ハンドルを回しながら、私は泣きそうな気持を必死でこらえた。

「うん、やっぱり家がいちばん……いちばんよね……」

愛子も笑顔なく、小声で自分に言い聞かせるように呟いた。

退院とは、普通治療がうまくいって、やっと家で過ごせるねと、家族と喜びを分かち合うのが誰もが願う理想の姿。しかし、中にはハッピィエンドではなく、こんな心境で病院を後にする患者や家族もいるのだ。こんなに医学が発展して、難病も克服できる時代になっているのに、何でわが娘が……

何で愛子が……何でわが家が……。

可愛い末っ子、幼いころ「お父ちゃん大好き」としがみついてきた愛子をもう離さないと思った。

再発転移が見つかってわずか8カ月目、会社と病院の往復から始まった愛子の送迎は、早くも過渡期を迎えようとしていた。

自宅に戻ったら、少しでも楽しく過ごさせたいと、長女がベッド周りをアレンジしていた。退院してから愛子の入浴からプライベートな相談まで、長女は姉として最後まで世話をしてくれた。幼いころからいつも一緒だった姉妹として、妹の運命に複雑な寂しさが交差していたと思う。

先生から「2月末くらいがヤマ」と言われたこともあり、連休を利用して長男が帰ってきてくれた。愛子も「かんちゃん優しい」と喜んでいた。2泊のとんぼ返りでも、妹の心に充分な癒しを与えてくれた。

子供たち3人の兄弟愛に、親としても涙が出る想いで感激した。

家族……それは私にとって永遠のテーマなのだ。

退院して、毎日家族と食事をして歓談して、元気な様子も多々見られるようになってきたが、訪問看護の先生の意見は厳しかった。

「愛子さんの状態は一見横ばいに見えますけど、神様が与えてくれた時間は同じです。年配の患者さんは次第に元気がなくなってその日を迎える場合が多い。しかし、若い人はある日突然高熱が出るとか、痛みが激しくなってその日を迎える場合が多いようです。何度も吐く原因としては、がんが内臓にかなり増えていることが予想できます」

名古屋に戻った長男に、先生の見解をＬＩＮＥで連絡した。

私「海を見に行ってきた。こぶが孫たち（長男の子どもたち）と泳いだ海だと懐かしそうに見ていたよ。今日、ほとんど食べていない。レストランでも家でも少量食べては吐いた」

長男「本当に、その時が近いかも。今週末も家に帰ろうかな」

糸島のサンセットビーチを感慨深げに眺めて泣いていた。手術前に親子ドライブをした海。お盆の墓参りの帰りに来た海岸。１年間で３度目の糸島、そして最後の海となった

私「夜、痛いからと言いながら不安からか泣いてたよ。かける言葉がみつからず可哀想でたまらないよ」
長男「泣くよね。何もしてあげられないのが辛いね。正しい言葉がわからないけど、愛子が意識ある間に愛子ファーストで寄り添ってあげたいね。
もし、亡くなってしまったときに、ああしてあげればよかった、こんな言葉をかけてあげればよかったとか後悔しないようにしないとね」
私「何をしても、あのとき……と後悔することいっぱいあると思う」
私「今日ね、こぶが目がまともに見えないから眼科に行こうかなと言った。先生は本人が運命を1番よくわかっていると言うけど、まだ治療して少しでも良くしたいという気力があるんだよ。せめて目が見えるようになりたいと。でもね、可哀想だけどそこははっきり言ったよ。眼科に行く症状じゃないと」

手作りのバレンタイン　2019年2月14日

長く立っていられないほど悪化が進むなか、姉と2人で今年も恒例のチョコを作っていた。

100円ショップに材料を買いに行きたいというので連れて行った。体調が悪くても女の子、かなりの部分は長女が手伝ったらしいが、愛子も楽しそうに一緒になって頑張った。

思えば、2人は小中生の頃からチョコづくりを楽しんでいたようだ。亡くなった父に、長女が「おじいちゃんチョコ食べて」と持って行ったら喜んでいた記憶が残っている。親に届くのは、決まって失敗作とか完成品になる前の状態のものだった。つい1年前に、マカロン失敗作を愛子にもらった記憶がある。そう、ベトナムに行く前だったなあ。あれから1年か。

愛子が普通に日々を過ごせるように、長女が前向きにいつものようにチョコづくりを呼びかけていたようだ。

「ねえ、こぶ！　今度○○に行かない？　○○してみない！」と言うと、愛子も「いいね！」と返していた。

癒しの空間　2019年2月17日

妻が休職して、長女と看護。私も、いよいよその時期が近まれば休暇を取る気持ちでいた。

休日は、愛子の体調を見ながら、訪問看護の看護師さんが来られる時間外で、できるだけ愛子が行きたいところに無理のないドライブをした。

自宅から意外に近い山沿いの自然豊かな町に、素敵な古民家風レストランを発見した。県道沿いに「のっぺい汁」と書かれた看板が立っているだけで、店名もわからない。素朴な看板が前から気にはなっていたが、決して派手ではなく、営業中なのかよくわからなかったので入口のドアをそっと開けてみた。入ってみると、平日のランチ時間帯外だったせいか、誰もいない貸し切り状態だった。

奥には囲炉裏があって、昭和にタイムスリップしたような落ち着く雰囲気。愛子にも久しぶりに笑顔が溢れ、痛みと薬の毎日に疲れた身体と心が、かなり癒されたようだった。お店の名は「舎」と書いて「やどり」。ご夫婦で営むそのお店は、看板にもある「のっぺい汁」がメインメニューで、ほかに無添加そばなどヘルシーなものばかり。さっそく、囲炉裏を囲んでみな違うメニューを頼んで、まったりと時間を過ごさせていただいた。

お店の奥様チョイスの、有田焼や小石原焼きなども販売されていて、ここに来たことがきっかけでわが家の食器棚は大きく変貌を遂げた。

愛子が「こんなにリラックスできる店初めて〜」とまどろんでいた。

何度か利用させてもらったので、愛子はお店の奥様から「ピンクのお姉さん」と覚えていただいた。山から湧き出る水なのか、庭には小川と小池があって、夏場はこの側の席が一番人気だそうだ。

帰り際に、小川のせせらぎをみなで眺めていたら、愛子が泣いていた。

川が流れる音を聞きながら、32年間の人生を振り返り、多くの出会い、家族や友人とのふれあいを想う。

食卓に添えていただいた梅の花を前にリラックスする愛子。闘病に疲れた身体と精神の癒しに、しばし時間を忘れていたようだった

店内での癒しを身体で感じるほどに、これから近いであろう人生の終焉を五感で感じながら、寂しさ虚しさ悔しさ悲しさ、親でも救うことのできない人生最大の難題を背負ってしまったわが身を思う。

庭の縁側で、水の流れを見つめながら涙するわが子を、抱きしめてもやれず沈黙の時間が過ぎていった。

長女が肩をさすってあげていた。誰も言葉を発することができない静寂な時間が流れていた。

「もう行こうか。また来ようね」

静寂の中で、私の精一杯の言葉だった。

太宰府へドライブ その夜、目に異変 2019年3月8日

医師から言われていた鬼門の2月末前後を何とか過ぎた3月中旬。緊張感はいつもあったが、愛子のリクエストで太宰府にドライブに行った。

わが家から都市高速に乗れば、わずか20分ほどの距離。空を見上げれば、初夏を思わせるような雲一つない見事な晴天だった。愛子も調子がよさそうで、自宅の近くにある美味しい豚まんを買って、車のなかで食べながら行きたいと言う。

私も、「よし！　そうするか！　太宰府でも梅ヶ枝餅とかいろいろ食べ歩きもせんといかんから、今日は忙しいよ」と言ったら愛子は嬉しそうだった。「今年初めての高速道路だね」と話しながら走る。思えば、昨年の12月に長崎、雲仙の旅から帰って以来だ。あの時に、次に走る高速で愛子がこんな状況になるとは思いもしなかった。

人気の豚まん屋さんのメニューは、「豚まん」の1品だけ。仕込んで売り切れになったら店は閉店という何ともシンプルでうらやましい経営。しかし、ここに至るまではかなりの苦労もあったと思うし、「ここが無くなったら困る」とお客さんに言われるようになったら大したものだ。入院中も買っ

梅満開を楽しむ

て、見舞いに持って行ったら吐かずに2個完食した。「好きなものは吐かないんだね」と言ったら笑っていた。

美味しそうに食べるこぶの笑顔は、見ている側まで幸せになる。

都市高に乗って15分も走れば水城ＩＣ。降りたら太宰府市内へすぐ入れる。考えたら、何年ぶりの太宰府訪問だろうか。仕事柄、ホテル勤務なので外国からのお客様から太宰府へのルートをよく聞かれる。

受験シーズンもひと段落の時期なので、今日は日本人よりも外国人が多いかなと思いきや、そこは天下の太宰府天満宮の参道、合格を果たした学生諸君がお礼参りに多く訪れていた。変わったのは、参道の店の数々。名物の梅ヶ枝餅屋さんは相変わらずの店舗数で、どこもよく賑わっている。他にも様々な土産店や飲食店が点在して、家族でよく旅した湯布院の湯の坪街道沿いを歩いているような気分になる。

梅が満開、桜の開花もすぐではないかと思わせるポカポカ陽気な1日を過ごした。太宰府を後に、午後2時過ぎに帰宅の途へ。日差しも強く、愛子は眩しそうにしていた。

帰ってきて、ソファに座った愛子が少し変だった。

「疲れた〜」と言って一点を見つめソファに横たわった。

考えたら長崎に旅して以来、容体が悪くなってからの初めての半日旅。健常者にはわからない身体への負担が重くのしかかったようで、楽しくはしゃいだあとのぶり返しが襲ってきた。

少し休んだ後に、突然愛子が大声で泣き叫んだ。

「何これ！　目が見えない！　ちゃんと見えていた右目の中に赤い……赤いものがある！　もうどうなっていくと？　もういやだ！」

妻が「今日は日差しが強すぎたね。少し休んでもう一回様子見て」となだめるのが精一杯だった。

間違いなくがんが急速に進行していると思わせる状況に、訪問看護の先生が言った一言、「神が与えた時間は同じ」を思い出した。

危うく絶命　２０１９年３月９日

翌日９日、愛子のトイレに立ち合っていた長女が叫んだ。

「おとん来てー！　こぶが変！」

あわてて行ったら、トイレにしゃがんだまま気を失い、長女が頭を支えていた。

私と交代して叫んだ。

「こぶ！　こぶ！　しっかりしろ！　死ぬな！　起きて！」

眼球が両サイドに移動して、いびきをかき始めた。私は叫び続けた。

パジャマのズボンは履いたままだったが、身体中の水分が尿になって出ていく。ただごとじゃない。

何分叫び続けただろうか。愛子が息を吹き返した。

「はっ！　えっ！　私どうしたと？　ええっ！」と言うと泣きだした。

妻がすぐ訪問看護の看護師さんに連絡して、10分後にかけつけてくれた。

私は、愛子をトイレに座ったままの状態で抱きしめ、「よかった！　よかった！　もう大丈夫だよ」と抱きしめた。

トイレに長くいたあとに、急激に立ち上がり、血圧の低下で意識を失い舌根沈下という状況に陥っていたらしい。放置していたら喉に舌が入り込んで、意識障害や、長ければ呼吸停止に至ることもあり、間一髪で蘇った。昨日の太宰府への旅から、予想を超える疲れががんに蝕まれた身体に負担をかけていると感じ、もう出かけるのは控えようと家族間で話し合った。

愛子をトイレで介抱しているとき、愛子の顔がまるで風船がしぼむようにとても小さくなっていくのを感じた。

長女も「そうよね。ほんとに小さく小さくなっていった。何でだろう」と言った。

この日から、私も会社に連絡して休暇をいただくことにした。いよいよ家族全員で看護する体制に決めた。そして、毎日のように飲み続ける大量の薬に、愛子も疑問を投げかけるようになった。

ある日、妻にこんなことを言ったそうだ。

「これって治療?」

私もいたたまれなくなって、「今、ネクサバールという分子標的薬を飲んでいるよね。この薬ががんの治療で、ほかの薬はこぶの痛みが緩和されるように用意されたもの。家に来てくれる先生や看護師さんは痛みを緩和することが1番の目的で、専門でもあるからね」と話した。

「がんを治す」という言葉が出ない訪問看護の毎日に、愛子はそれなりに笑顔で対応したり、調子が悪いときは泣いたりもした。しかし、薬の説明と頻繁に薬局に走る家族の姿を見て、前向きな治療ではないことに気づいていた。それほどに、まだ「生きる」ことに希望を持ち、「治療」という言葉を求めていた。

毎日、何回も飲み続ける「オキノーム」という一種の麻薬。飲んだら10~20分で効果が出始め数時間は痛みが軽減されるという。しかし副作用も多く、一日ぼ~っとして眠気が取れずにうたた寝をしたり、意味不明な言動や幻覚を見たりすることもあるという。

この薬を一日に何度飲み続けた事か。

愛子の横にベッドを構えて寝ていた妻に、ある日の夜、突然意味不明なことを言い出したそうだ。

「今、男の人が一緒に行こうと迎えに来たから支度するね」と言って身支度すると言い出した。なだめて、「誰も来てないから寝よう」と何度も説得して、大変な夜だったと言っていた。薬の副作用で幻覚を見るのかもしれないが、私も妻も「死神が迎えにきたのか」と少しぞっとした。

復帰したら筋トレやりたい！

古民家レストランの「舎」には3度通った。3回目だともう常連さんだ。楽しみにしていた「のっぺい汁」ができるまでは、陶器のコーナーでいろいろ物色する。

愛子が「可愛い！」と言ったコーヒーカップ。器の底に淡い桜の花びらの絵が描かれている。買ってあげたら、その日から使ってくれた。わが家の食器棚は、九州の陶器がたくさん入って食卓を飾ってくれている。

毎日食事をするたびに、器を見てはあの日を思い出す。伊万里焼や波佐見焼を巡り、遠出ができなくなってもこんな近場で素敵な陶器を手にすることができた。

「こぶ、最近わが家は器に目覚めたね」と言ったら、「楽しいね」と笑顔で答えてくれた。

3月も後半に入り、桜の開花が近くなってきたある日のドライブ、愛子が車の中で長女にこんなことを言った。

「私、動けるようになったら運動せんといかん。ウォーキングは弱くなった筋肉運動にならんよね。衰えた筋肉を回復させるのは絶対筋トレよね。早くやりたいね」

さすが、元ボディビルダーである私の娘だと感心した。できることなら、ソフトなウェイトトレーニングで弱った筋肉を徐々に戻してあげたい。昨年の夏頃は妻も、「回復したら体育館に一緒に連れて行って教えてあげて」と言っていた。私も、できることならそうしてあげたくて「そうだね」と希望を持って答えた。

がんが進行した末期の状態でも、こんな言葉を出す愛子を見て、医師が言った「本人が一番わかっていますよ」が、はたして本当なのか疑問だった。

わかっているのかもしれないし、わかっているからこそ、その気持ちと、現状を打破できないいらだち、誰も言ってくれない「治る道」を歩きたくて、愛子は1人で戦っていたのだろう。

明らかな「絶対死ぬもんか！」という気概が、こんな言葉に出たのだろうと確信した。

「治ったらお父さんとジムに行こう！」と言えるなら言いたい。愛子も言われたら嬉しかっただろう。しかし、運転しながら聞くだけだった自分を今では自責している。日々、失われていく健康と体力。毎日、痛みと闘い続ける愛子に接していると、前向きな言葉は嘘でしかない。嘘でもいいから前向きなことを言ってほしいと思っていたかもしれない愛子に、なぜ答えてあげられなかったか。

応えきれない虚しさに胸が苦しくなった。おろおろして頼りにならない父親だと自責の念に苦しむ日々。

あのとき、こう言えばよかった、こんなことをしてあげればよかった……は、どんな家族も抱く懺悔なのかもしれない。

切ないプレゼント　2019年3月21日

今日は愛子の顔色がとても悪い。そんな日に愛子が長女に、「ファミマに連れて行って」と頼んでいる。私は「無理するなよ。顔色悪いよ。休んどき！」と言ったが「すぐ帰ってくるから」と言って出かけてしまった。

理由はすぐわかった。今日は私の誕生日だった。

ほどなく帰宅して、「おとん、たんじょうびおめでとう」と長女に支えられながら私のもとにきた。文字通り、必死に買いに行ったプレゼント。今日の誕生日は、「もしかしたら私からおとんへの最後のプレゼントになるかも」と考えていたのかもしれない。愛子の気持ちが嬉しいという前に切なくて痛々しかった。

すぐそこにあるコンビニも、今の愛子にとっては健常者が数10キロ歩いていくようなものだ。

長女に写真を頼んで、愛子と一緒に撮ってもらった。しかし、愛子の笑顔があまりにも顔面蒼白なので、公開はせずに私のメモリアルとして大切にしまっておきたい。

重いスパークリングワインを抱えて帰ってきた。この瓶は私の一生の宝物になった

桜満開　晴天の日々

２０１９年の福岡の桜は、晴天続きで満開の日々だった。「桜が咲いたら花見に行こうね」と愛子に約束していたので、体調を見ながら自宅周辺の桜の名所を巡った。

太宰府の半日ドライブで体調が悪化したことを反省し、近場の公園にスーパーで買い込んだ弁当や総菜を持って行く。

こんなに、毎日家族で花見したことはなかった。子供たちが小さいころは、仕事が休みになると決まって公園に弁当持参でピクニックを楽しんだものだ。病がなければ、成人した娘たちと毎日花見なんてなかっただろう。

花が大好き、桜が大好きな愛子は、見えづらくなった目を必死に開けながら、花に近づき香りを楽しんでいた。

神様がくれた桜満開の日々。ピンクの車椅子に乗りピンクの靴を履いて桜巡りを楽しんだ。激痛と毎食後の嘔吐、痛み止めの劇薬を飲みながらも常に笑顔を見せるこの強さは、いったいどこから湧いてくるのだろう

大切な人がドライブに連れて行ってくれた
片眼が開かない中で最高の笑顔を見せていた

あと何回、桜を見ることができるだろうかと言う人がいる
あと何年、生きることができるだろうかという意味をこめて
愛子は、運命を悟ったかのように満開の桜を脳裏に焼き付けていた
まるで「ラスト花見なのか」と言わんばかりに……

長女が私に囁いた

　桜の開花はみな毎年楽しみなのに

　　わが家は来年からつらくなるね……

料金受取人払郵便

博多北局
承認

3217

差出有効期間
2021年10月30
日まで
（切手不要）

郵便はがき

812-8790

158

福岡市博多区
奈良屋町13番4号

海鳥社営業部 行

通信欄

通信用カード

このはがきを，小社への通信または小社刊行書のご注文にご利用下さい。今後，新刊などのご案内をさせていただきます。ご記入いただいた個人情報は，ご注文をいただいた書籍の発送，お支払いの確認などのご連絡及び小社の新刊案内をお送りするために利用し，その目的以外での利用はいたしません。

新刊案内を ［希望する　希望しない］

〒　　　　　　　☎　　（　　）

ご住所

フリガナ

ご氏名

（　　　歳）

お買い上げの書店名

あいりんは天使《てんし》になって今《いま》も

関心をお持ちの分野

歴史，民俗，文学，教育，思想，旅行，自然，その他（　　　）

ご意見，ご感想

購入申込欄

小社出版物は，本状にて直接小社宛にご注文下さるか（郵便振替用紙同封の上直送いたします。送料無料），トーハン，日販，大阪屋栗田，または地方・小出版流通センターの取扱書ということで最寄りの書店にご注文下さい。なお小社ホームページでもご注文できます。http://www.kaichosha-f.co.jp

書名		冊
書名		冊

級友と花見を楽しんだ川沿いで満開の桜並木をしばらく見つめていた

ただごとじゃない　２０１９年4月6日

3月29日から巡った近隣の花見も終盤に入り、油山《あぶらやま》市民の森に行くことにした。桜もピークを迎え散り始めていたので、山腹付近の満開の桜を見に行く。

油山は、福岡市を代表する景勝地で、子供たちも学校行事などで訪れた花と森の名所。愛子がまだ幼い歩き始めの頃、家族でここにミニ登山をした動画がある。長男長女が元気に登っていく後ろを、妻に手をひかれた愛子が、がんばって階段を上っていく姿が愛おしい。駐車場まで少し上り、料金口からさらに上ると満開の桜が現れる。愛子は、油山が久しぶりのようで、「ここはどこ?」とあまり覚えていなかった。

駐車して、車椅子を下ろし市民の森事務所近くまで坂を上っていった。近所のスーパーで買ったB級グルメの食材を、自然の中のテーブルに広げる。太陽燦燦、土曜日なのに意外に空いていて空気が爽やかだった。

この1週間の花見で、私は写真よりもスマホで動画を撮るようにしていた。悲しいけど、静止画よりも話している愛子、動いている愛子をたくさん撮りたかった。また、一眼レフを構えて撮るなんてことはもうしなかった。そんな写真は、ベトナムや上海で終わりにした。家族写真はスマホが1番。

シェアできるし、いつどこでも見れるし、いつも愛子や家族と一緒にいたかった。

私のスマホ着信画面は、病の発覚以来、いつも愛子の笑顔にしている。

この笑顔を家族に戻してください。スマホを取り出す度に祈り続けた。

油山の野鳥が鳴く青空の下、持参の弁当を広げると愛子が「きもちいいー！」と言った。

このシーンが、愛子の動画最後の言葉になるなんて、この時は想像もしていなかった。しばらく市民の森周辺を車椅子で散歩した。

愛子が言った。

「桜が散ったら次は何かなあ」

私が「桜が終わっても、こぶが好きな八重桜、それからシャクナゲ、そしたらツツジ、アジサイと次々に咲くからお父さんがこぶを連れていくよ！」と言ったら、愛子は嬉しそうに「うん！」とうなずいた。

帰り道の下り坂で、愛子が急に気持ち悪いと言い出した。バックミラーを見ると顔面蒼白、これはいつもとは違って、ただごとではないと感じた。

「ちょっと止めて！」

具合が悪くなった愛子の悲鳴を聞きながら坂道を下る。後続車に注意しながら、一旦停車をして休憩し何とか帰宅した。

最期の判断　そして　2019年4月9日

実は、愛子は退院してからの2カ月間で何度か輸血をした。退院後に行った輸血は、3日間入院しての輸血だった。その時は、頬や耳に赤みがさしてきて元気を取り戻したかに見えた。その後、2週間に1度の割合で、自宅で輸血をしていた。血液成分の不足により覇気がなくなり、血中のヘモグロビン濃度が異常低下して、身体中の皮膚にまるで注射の後にあざができるような青い斑点が無数に出ていた。それはもう、痛々しくて目を覆いたくなるような姿だった。

油山に行った翌日の7日も外に散歩したいと言っていたが、8日の月曜日に輸血を予定していたので、そのあとに様子を見てでかけようと、この日は家で休むことにした。無難にテレビを観ながら過ごしていた。

翌日の8日、愛子は呼びかけに返事がないほどに意識が遠のいていた。先生に早めに来てほしいとお願いして輸血をした。一座のサキヤさん達がお見舞いに来られた。

今後のショーの構成や演目の内容をあれこれ語り合って、笑顔を見せていたが、しばらく語り合った後に痛みが出てきて、「痛い！　痛い！」と泣き出した。それはもう断末魔の叫びだった。

訪問看護の看護師さん、そして先生もまた戻ってこられ、オキノームを飲ませるが全く効果がなく叫び泣き続ける。

「すみません。今日はこれ以上、話せなさそうで」と事態急変に、サキヤさんたちに帰っていただいた。

別室に移動して先生から現状を伺った。

「おそらく、肝臓に転移しているがん細胞が肝臓の筋膜を破って最後を迎えるかもしれません。もしそうなれば、吐血して即死という状態になるかもしれません」

「そんな最後にしたくない。何とかなりませんか」と、無残な姿を見たくない私は懇願した。

「過剰な痛みを何とか抑えてもらえませんか。可哀想で可哀想でたまりません」

「もし、強い鎮静剤を使ったら、もう意識は飛びますよ。それでいいんですか」

しばらく考えた……しかしここまで来たら覚悟は決まっていた。

よく「畳をかきむしるような激痛」で最後を迎える人もいると聞いたことがある。がん患者の最後1カ月の痛みは、本人はもちろんだが家族にとっては、心を精神を掻きむしられそうになるという。

そのときが遂にやってきた。

いつもの「痛い、イタタタ！」ではない。何度も寝返りを繰り返し、壁や布団を掴みながら、

「なにー！　これー！　なんとかしてー！」

と大声で泣き叫び続けた。

私は、家族とともに決断し先生に言った。

「覚悟しています。痛みを止めてください」

それから愛子のもとに戻った。先生が愛子に言った。

「痛み止めを打つからね。お腹に管を入れるよ」

そしたら、愛子が泣きながら拒絶した。

「もう！　いやだ！　いやだー！」

この注射をしたら、自分がどうなるのかわかっているかのようだった。

毎日毎日、薬、痛み止め、輸血、点滴、採血、ＣＴ、ＭＲＩ、放射線、愛子の身体はがん細胞だけでなく、治療のための異物と副作用で、身体はもうボロボロだった。

愛子は泣きながらも、しばらく考えたようで先生にこう言った。

「わかりました……注射します……」

その一部始終を見ていて、私は言葉も出なかった。覚悟を決めて、管をお腹の中に入れる決意をしたわが子に、何を言えばいいのだろう。

どうして、こんな残酷な決断をこの子がしなくてはいけないのだろう。親として、何らアドバイスも言えず、たとえ言っても気休めの大ウソつきになるに違いない。

生死を決める患者と医者の会話に入れるわけもなく、自分の無力さに途方に暮れるばかりであった。

妻も長女も同じ気持ちだった。９日、長男は子供たちの入学式だったが、朝一番の新幹線で帰ると連絡を受けた。愛子の彼氏のこうたさんにも連絡をして、長男が帰るまで４人で見守ることにした。

看護師さんに鎮静剤の説明を受けた。お腹に通った管の先にスィッチがあり、30分以上は時間をあけて、押すと一定量が入っていく。家族交代で見守りながら時計を見てスイッチを押す。

愛子は壁側に横向きで、大きく呼吸をしながら寝ていた。痛みを訴えることが無くなり、呼吸しているのでしばらく静かな時間が流れていた。

早朝、近所のスーパーにパンを買いに行った。家族お互い、交代で寝ずに見続けていたので、丸1日食事もとっていなかった。家に戻る途中、ご近所の方々が心配そうに外に出られていて、無言で頭を下げられた。愛子の悲鳴は、窓をしっかり閉めていても、みなさんの耳元に届いていたのだろう。

これから起こるであろう愛子の運命を、まるで共有していただいたような、優しい労いをいただいた。

どれくらい時間が過ぎただろう。呼吸しているとはいえ、壁側を向いて寝ているので顔が見えない。気になって、身を乗り出し愛子の顔を見た。

眼を半開きにして唇が渇いている。大きな声で妻を呼び、愛子に向かって声をかけ続けたが反応がない。

日付は深夜9日の0時を超えていた。看護師さんにも来てもらった。

熱を測ると、40度近くまで上昇し血圧は70―50にまで低下。看護師さんに聞くと、言葉も発せず身体も動かせないが、周りの言葉は聞こえているそうだ。

私は今しかないと思った。

「みんな、たくさんの思いをこぶに話しかけよう」

そう家族に伝え、私は天井を見つめたままの愛子に話し始めた。

「こぶ！　お父ちゃんといっぱい釣りに行ったこと覚えている？　朝早く車で海に行ったよね。たくさん想い出つくったよね。こぶはお父ちゃんの宝だよ。ベトナムも上海も長崎もこぶと旅したこと絶対忘れないよ……。

ずっと、ずーっと愛しているよ」

何をどれだけ話したか曖昧で記憶がない。家族もみな同じだろう。愛子は涙を流していた。

長男とこまめに連絡を取り合う。「今、山口」「今、小倉」「あと6分で博多」と連絡を取り合い続けた。

午前十時を回った頃、愛子の呼吸が荒くなった。

私　「心拍数が160　血圧測定不可」

長男「タクシーに乗った」

愛子に言った。「かんちゃんが博多駅に着いたよ。タクシーでもうすぐ帰ってくるよ」

愛子の呼吸が止まった。

「かんちゃんが、もうすぐそこまで来てるよ」と話しかけると、一度止まった呼吸が5～10秒後に息を吹き返し、肩で大きく呼吸を始めた。長女も妻も私も、「かんちゃんがあと5分で着くよ。がんばれ！」と言うと、呼吸が止まる度に、何と4回も息を吹き返した。

しかし、こんながんばりも終わりを告げた。

「えっ？　こぶ！　こぶー！」

看護師さんに「えっ？　亡くなった？」と聞くと、黙ってうなずいた。

部屋の時計は9日午前10時49分を指していた。

長男が5分遅れで帰ってきた。階段を全力で駆け上がってきて、「間に合わなかった」と伝えるのが精一杯だった。力尽きた妹を見て長男はこう言った。

「仕方ない。仕方ないよ」

私が「兄ちゃんに会いたくて何度も何度も息を吹き返してがんばった。すごかったよ。電話を愛子の耳元に当てたとき何と言ってあげた？」と聞くと、こう答えた。

「もうがんばらなくていいよと言ったよ」

そうか。この1年半の人生の急変と闘い続けた妹に、そばにいなくても、痛み苦しみは遠く離れていても伝わっていた。精一杯の優しい兄弟愛からでた言葉だった。

電話越しに声は聞こえなかったけど、もう楽になっていいんだよと、昔から変わらぬ優しい兄の思いやりだった。

「タクシー乗り場まで涙が出て仕方なかった。サラリーマン風の男が泣きながらタクシー乗り場に向かっていると、周りの人は変に思っただろうね」と、はにかみながら言った。

ほどなく在宅診療の先生が来られ、死亡診断を受けた。


心が空っぽになった。

悲しい片道切符

可愛い大切な娘の天国への旅立ち、1番恐れていたことが現実になっている。

いったい目の前で起こっていることは何なのだろう。映画を見ているかのようだ。

身体中の力が抜け、なぜか涙が出てこない。


これからの段取りのため、斎場に連絡を取った。翌日10日にお通夜、11日が葬儀の日程で担当者と連絡を取り合う。家族と協力して、親戚、知人、会社関係などへの連絡を分担した。

斎場から遺体を安置するために車が到着。担当の男性3人と一緒になって、2階で眠っていた愛子を気を付けながらゆっくり下ろしていく。

ああ、愛子が生身の身体で自宅にいる最後の姿。つい、3日前まで花見を続けて帰ってきた。

わが家が完成する25年前、何度も愛子を自転車に乗せて建築中の家を見に来た。中学生になり、高校生になってからは、ここから自転車で1日も休まず通学して皆勤賞をとった。大学に進み、やがて就職する。

何日も、何か月も、何年も過ごしたわが家を今、愛子は今、片道切符で去ろうとしている。力なく、斎場の人たちに身を任せ、寝ているだけの愛する娘を見て呼吸困難に陥りそうになった。車に乗せられ、ドンッ！　とドアが閉まった瞬間、大声で叫びたい心境になった。知らない人たちに連れられて、愛するわが家を出ていく……最も悲しい空しい瞬間だった。

こんなシーン、1年と少し前までは頭の片隅にもなかった。想像さえできなかった。

2～3日前まで、花見から帰ったら2階まで階段を上っていたのに、今は魂が抜けて人の手で運び出されようとしている。この急展開に、なすすべもなく見送る自分に自問自答した。いいのか！　このまま連れ去られて！

愛してやまない娘を助けることもできなかった無力な父親失格者！　もう1人の自分が容赦なく私を罵倒している。

家族が亡くなったあとの、事務的な手続きや段取りをこなしながらも、もう1人の自分が「なりふり構わず泣き叫べよ！　1人の親として正直になれよ！」と叫んでいた。

朝起きて、家族におはようと言い、仕事や学校に行き、帰ってきて一緒に食事をして家族団欒の時を過ごす。

あたり前と思っていることが、実はどんなに幸せなことなのか。

愛する家族との永遠の別れほど人生で辛いことはない。

葬儀社の車を空しく見送ると、家に戻って支度する家族に、これからの段取りを言うのが精一杯だった。

葬儀は当初、自宅近くの愛子が通った小学校に近い斎場の予定でいたが、法要の予約が先に入っており、同グループの別の会場に決まった。

予定していた斎場は新築のモダンな建物で、段差もなくお越しいただく高齢の方への配慮などが行き届いていて、家族葬30名、増えても椅子を追加して50名ほどの弔問客を収容できる会場だったが、お願いする会場は、当初予定の会場よりも大きく１００名は収容可能なホールだった。

私は斎場の担当の方に、「娘のミニ写真展をしたいのです。テーブル２〜３台ほどお借りできればありがたいです。テーブルの上にＡ４サイズの写真を並べるだけです。壁にキズを付けたりはしませんから」と承諾をもらった。逆に、「このイーゼルを使ってください。壁もテープで貼るくらいはかまいませんよ」と最大限のご配慮をいただいた。

遺影写真は、私がベトナム旅行で撮影した写真を用意していた。アオザイを着て微笑む写真を、弔問に訪れた皆様に見ていただきたかった。

大手術を乗り越え、不安ななかでの旅立ち。ステージ４に近いがんを乗り越えた人生を生き抜こうと誓った旅。

旅を満喫して、楽しんでいる優しい表情がよく表れている、カメラに向かって……いや私に向かって微笑む一番のお気に入り写真を選んだ。

お別れの前夜

こんなとき、誰もがそうなのかもしれない。

喪主として斎場の担当の方と打合せ、お坊さんから香典の返礼品まで細かく決めながらも親戚知人、友人、愛子の職場、学校などに連絡をする。気が張っているので、悲しみや虚しさを感じながらもなぜか涙が出ない。

長女は、愛子の携帯から友人と思われる方へ連絡をしていた。ベリーダンスのお仲間の方々へは、あいりんがお世話になっていたサキヤさんにお願いした。

入口付近のコーナーに写真を並べるため、用意していたA4サイズのたくさんの写真を並べた。2テーブルでも足りないくらいの写真を並べたが、通夜当日にはさらにテーブルが追加され、あいりんの写真をたくさん撮ってくださっていた大神実様の写真コーナーができていた。サキヤさん他ダンス関係者の方々のご配慮で、愛子のONとOFFのいきいきとした姿が蘇った。

写真を眺める度に、今起こっていることが現実ではないような気がした。

世界遺産フエに向かう途中、リゾートホテルで休憩中に撮った。南国がよく似合う子だった

上海の写真を見て、「この写真から1年も経っていないよ」と言うのが精一杯。悪夢を見続けているような、信じがたい日々の連続に思考がついていかない。愛子のはかない命が不憫でたまらなかった。そして家族誰もが、最年少の娘であり妹の死を、現実の出来事なのかという半信半疑な気持ちにさせていた。

長女が言った。

「こぶが本当に目の前で死んだ。死というものが遠い出来事ではないと思ったよ。今を大切に生きなくてはいけないとつくづく思ったよ」

誰もが大声で泣き出すなんて光景はない。みな、下を向いて黙々とやるべきことをこなしていた。サキヤさんの一座の京子さんから、愛子が次回の公演で着る予定だった純白の衣装を「ぜひ、この衣装を棺に一緒に入れてください」といただいた。

湯灌《ゆかん》のあと、天国に旅立つ衣装は、来る20日、愛子のためのイベントに着ていこうと愛子本人が車椅子に乗り、天神の西通りで買ったピンクの服を着せた。その上に、この純白の衣装を纏うようにかけてもらった。

会場の祭壇に静かに眠る愛娘を見つめ想う。

10年前に、相次いで亡くなった両親を見送ったとき、もう自分が喪主を務めることはない。次は当然、家族から送られる立場だから、家族が困らないように自分自身の健康には気をつけよう。10代のころから続けてきたトレーニング、時間が取れないときでも最低週に1回はジムワークを欠かさなかった。ところが、愛子が倒れてからは気持ちがかなり揺らいだ。

なぜ、自分は健康を保とうとするのだろう。

可愛い娘が苦しんでいるのに、健康維持に向かって汗を流すことに変な罪悪感まで出てきた。

特に昨年後半からのがんの進行が進んでからは、それどころではなくなった。家族全員そんな気分だった。

「亡くなってからは、しばらく幽体離脱とかいって天井付近から見つめているって聞くよね。こぶは上から横たわる自分を見つめながら、なんで私が寝ている?……ここはどこ?　みんな何やっている?　と思って見てるのかなあ」と言うと、「こぶは上からきっと見てるよ。まだ、どこかにいるよ」と家族みな、そう信じていた。

友情の人の波　2019年4月10日

10日19時より通夜、早い時間から次々に弔問に訪れる方へご挨拶をする。自己紹介を受けながら、当時のお話などを伺った。

さすがに、この時点から涙が溢れて止まらない。何度も親族控室に戻って顔を洗って出直すものの、また涙……涙の連続で目が大きく腫れてしまった。

焼香の列が延々と続く。私達夫婦に向かって会釈をされ愛子の遺影をしばらく見つめる人、涙が止まらず泣き崩れている人を見て、愛子を今まで支えてもらった感謝の気持ちで胸がいっぱいになった。そして、司会の女性が愛子の人となりを静かに語るとき、最後の2カ月でドライブ中に聴いていた愛子が大好きだった曲、ユーミンの「雨の街を」が流れている。

最後に喪主のご挨拶をと言われ、立ち上がり後ろを振り返り、驚いた。

なんと、会場の奥の扉は解放され、廊下に椅子を並べ、さらに奥の部屋も扉を開放し席が奥の奥まで続いていた。当初、自宅近くの斎場で最大50名と考えていた弔問客は、代表で10名分と来られた方もいたが、合わせて257名にもなっていたのだ。

愛子に「私を見くびっていない？」と言われるところだった。広い会場に変更になったのもそんな運命だったのかもしれない。

ついに、マイクを持つ時が来た。この1年半、1番恐れていたことだった。

もしかすると？　いやそんなはずはない。きっと助かる。人はそんなに簡単には死ぬものか。子を失い喪主になる、そんな悪夢の出来事は起こってほしくないし起こるはずがない！　そう念じてきた。

しかし、現実は酷だった。

子供を失った1人の哀れな中高年男が立っていた。

喪主のご挨拶で、「お葬式なんて……こんな場所で泣きたくなかったよ。結婚式で……おとんおかん今までありがとう、幸せになりますと言われて泣きたかった……」と最後に言うのが精一杯で、あとは言葉にならなかった。

この姿を、愛子は天井から見ていたのだろうか。だったらこんな言葉をかけてくれていたかもしれない。

「おとん、おかん、かんちゃん、タニシ！　ごめんね。いっぱいありがとう！　この家に生まれて幸せだったよ」

最後の最後にお別れの時が……

棺に、たくさんの切り花を1人ずつ添えていく。花が大好きだった愛子が、たくさんの花に囲まれ埋もれるように眠っていた。

すると長男が言った。

「愛子が笑っているよ！　ほら！　笑ってる！」

最後は見えにくくなっていた目の腫れがひいて、次第に穏やかな元の顔に戻っていた。

その口元は、確かに微笑んでいた。

「穏やかに旅立ったんよね……」

もう痛みに苦しむ可哀想な愛子はそこにいなかった。

安らかに笑みを浮かべて眠っていた。苦しい痛い思いを経て穏やかに天に召された。
ゆっくりおやすみ。辛い１年半をよくがんばったね。また一緒になれるよ……きっとね

サクラニシス

葬儀を終えた後、亡くなったことを伝えるため、免疫療法の病院に出向いたときのこと。

先生からも、「よく最後まで看取りましたね。残念です。ご冥福をお祈りします」と労いの言葉をいただいた。

愛子が、ここに来ると心が安らぐと言っていたことも、お礼とともに先生に伝え病院を後にした。

病院は博多区にあるビルの一角で、一階が写真展会場。写真家や写真愛好家の写真展を開催していて、個人的にもよく通った場所。病魔と闘って1年半は、写真展を観るなど余裕がなかった。

しかし、久しぶりに会場入り口の看板を見て驚いた。

開催中の写真展が、

「サクラニシス」

というタイトルだったのだ。

愛子が1週間、満開の桜を見届けたかのように、桜の終わりとともに逝った。

「桜に死す」という言葉が衝撃的で、「何と偶然な！」と思いながら会場に入った。そこには、写真集を出版された写真家の鈴木一雄さんご本人がいて、今回のことをお話しした。

写真集のタイトルは「サクラニイキル」とある。鈴木さんに伺うと、入院中の患者さんへお見舞いとして届けるのに、「死す」はまずいだろうとの配慮があったそうだ。

購入した写真集へのサインは、家族の希望でこう書いていただいた。

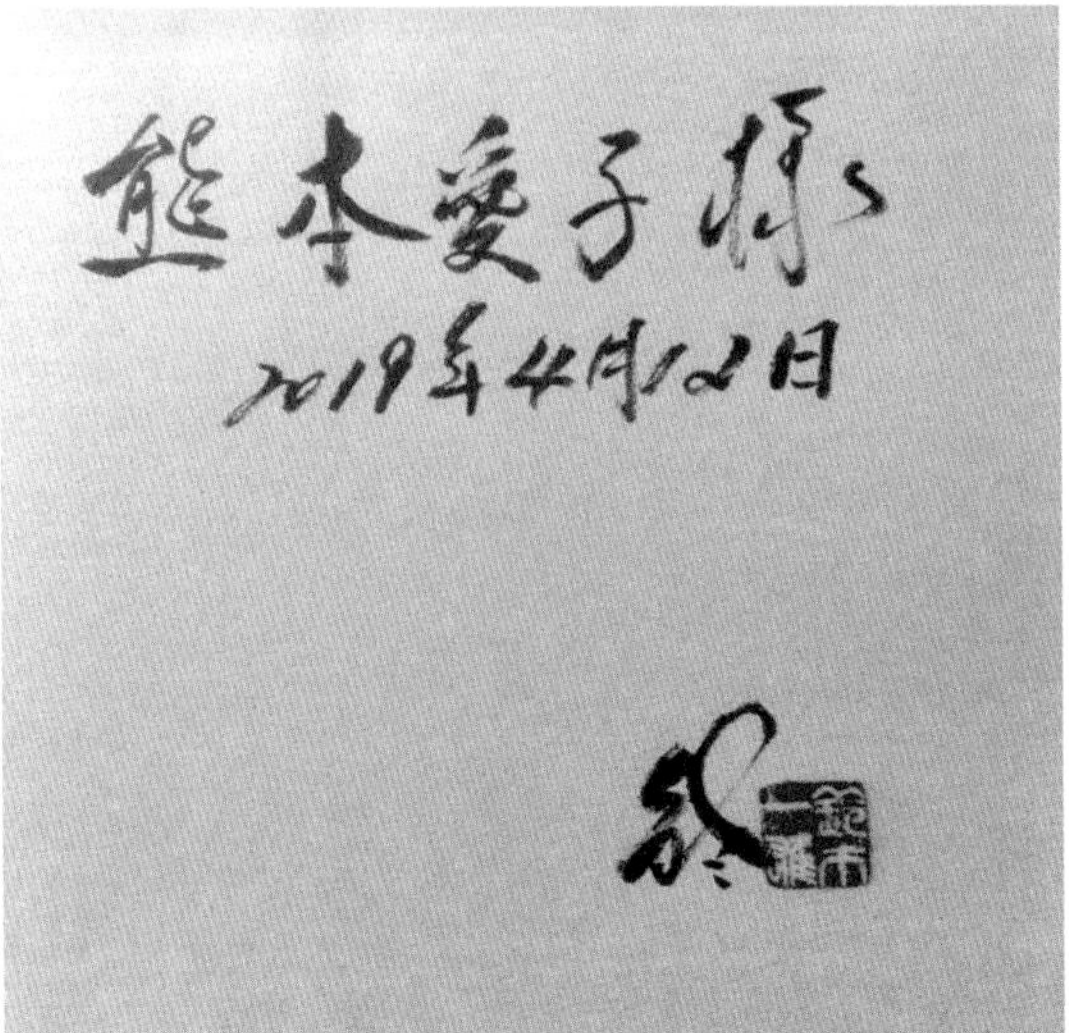

WAVE OF FRIENDSHIP

天使になって踊っていたよ……きっと…… 2019年4月20日

実は、旅立った日から11日後の20日、愛子を助けようとサキヤさんが中心となって、ベリーダンスを愛する方々に呼び掛けていただき、チャリティショーが準備されていた。

そのチラシを自宅に届けていただいたときに、愛子は声を上げて泣いていた。

訪問看護の先生からも、家族に対しては「4月20日舞台に上がることを目標に、がんばっていきましょう」と声を掛けられていた。愛子も、「私、車椅子に乗ってでも必ず行く」と力強く語っていた。また、この日のために着ていく衣装も天神まで買いに行っており、身体がボロボロになっていても、気になる服を見つけては近寄り、手に取って見えづらい目を近づけては選んでいた。家族全員で、愛子とともに参加された皆様にご挨拶するつもりでいた。

夢はかなく愛子は、桜とともに短い生涯を終えた。愛子のために企画されたイベントのチケットは、開催日を待たずして完売となった。会場は、福岡市中央区六本松の九大移転後の再開発地区にできた新しいビルで、愛子の想い出写真を並べる場所などの確認のため、前日に下見に行った。

長男も葬儀以来、また福岡に戻ってきて一緒に参加することになり、家族総出で愛子のためのイベントを見届けた。

私は、壇上で本人に代わってご挨拶をしなければと申し出た。緻密に組まれたスケジュールの中で、5分だけくださいとお願いした。

全ての演目の後、出演の皆様がステージに並んだフィナーレで壇上に上がった。一字一句をはっきり覚えてはいないが、こんなご挨拶をさせていただいた。

「この度は、亡き愛子のためにご来場いただきご協力いただきましたことに深く感謝申し上げます。

元momoiベリーダンススタジオで 踊る楽しさ、踊ることで人に喜んでもらうことを知った
「あいりん」こと熊本愛子さん。持ち前の華やかなオーラと可愛らしさで 観る人を魅了し、
幸せな気分にさせてくれる天性のダンサーです。

練習を重ね、ステージをこなし、更なる期待をされていた彼女は2017年秋に腎臓がん発覚。

腎臓摘出手術後 ステージへ復帰。しかし、2018年に肺、リンパ、骨への転移が見つかり、
その後はあらゆる治療を試みることになりました。

しかし、現在の日本の医療では救うことが難しいタイプのがんだと判明。

病院を変え、最先端の治療を受ける決心をしました。

命を繋げる希望はあるものの、保険はきかず 多額な現金が必要な現実。

病気を克服したい！又ステージに立ちたい！仲間と一緒にいたい！

私達は彼女の気持ちを受け止め、彼女を応援すべく立ち上がりました。

それが「あいらぶりん基金」です。

あいりんのために今はもうなくなってしまったスタジオの仲間たちが たくさん集まってくれ、
華やかなベリーダンスのステージを披露いたします。

第1部では、遠方からも個人エントリーとして、多くのダンサーたちが踊ります。

第3部では、このショーの趣旨に沿った内容として、もっと肩の力を抜いた形でがんについての
知識を深められるようなとっておきのお話を専門家の方に伺います。

momoiのがん体験打ち明け話もちらほら…

あなたとあなたの大切な人たちを守るためにぜひ聞いてほしいお話です。

なお、このショーの収益は全て熊本愛子さんのがん治療費に充てられます。

もし、この趣旨にご賛同いただける方、また、純粋にベリーダンスを観覧されたい方も
どうぞお誘い合わせの上、たくさんのご来場賜りますよう お願い申し上げます。

あいらぶりん基金チャリティーショー「オリエンタルな宴りた〜んず」
実行委員会 代表／上条 咲貴也(ステージアートRosarium)

通夜葬儀ではボロボロの状態でしたが、今日は最後まできちんとご挨拶させていただきます。

愛子は悪性度の高いがんで治療のかいもなく、再発後11カ月で32年の生涯を閉じました。愛子は本日ここに来て、壇上で皆様に必ずご挨拶をすると痛みの中でも強く公言しておりました。皆様にご挨拶するために服を買いたいと言うので、家族で買い物に行き準備万端でした。毎日多量の髪が抜け落ちるので、今日この日に髪が残っているか心配して、どこまでも女の子でした。

葬儀で皆様より「あいらぶりん基金」としていただきましたが、もう治療費に使わせていただくことができません。そこで皆様にご了承をいただきたいことがあります。

亡くなる前日まで生きる希望を失わず、痛みに耐えながらも夢を追い続けた愛子の姿を、全国で同じように闘っている患者、家族の皆様に向け発信したい。出版費用の一部に使わせていただけたらと思っております。みなさん、いかがでしょうか」

声は聞こえなくても、会場のみなさんの表情が大きくうなずいていた。私は感謝の言葉を伝え席に戻った。

会場では多くの方々から、私達家族に想い出を語っていただいた。葬儀に参列できなかったと、東京方面から涙を流しながらご挨拶をいただいた方もいた。多くの方々に参列いただいた葬儀だったが、今日この日も「お別れの会」だった。

「愛子はきっと、この会場に来ている。見ているどころか、一緒に踊っているよ」

家族全員で語り合い、会場を後にした。

満員の会場に入ると、あいりんのダンスシーンが流れており、会場の壁には寄せ書きのハートが埋め尽くされていた。会場のお客様、参加されたスタッフの皆様、そして主催されたサキヤさんに感謝の言葉で胸がいっぱいだった

会場の皆さん本当にありがとうございました。愛子がステージに舞い降りた

オリエンタルな宴、会場一体となった感動のフィナーレ。愛子はきっと見ていた

MESSAGE

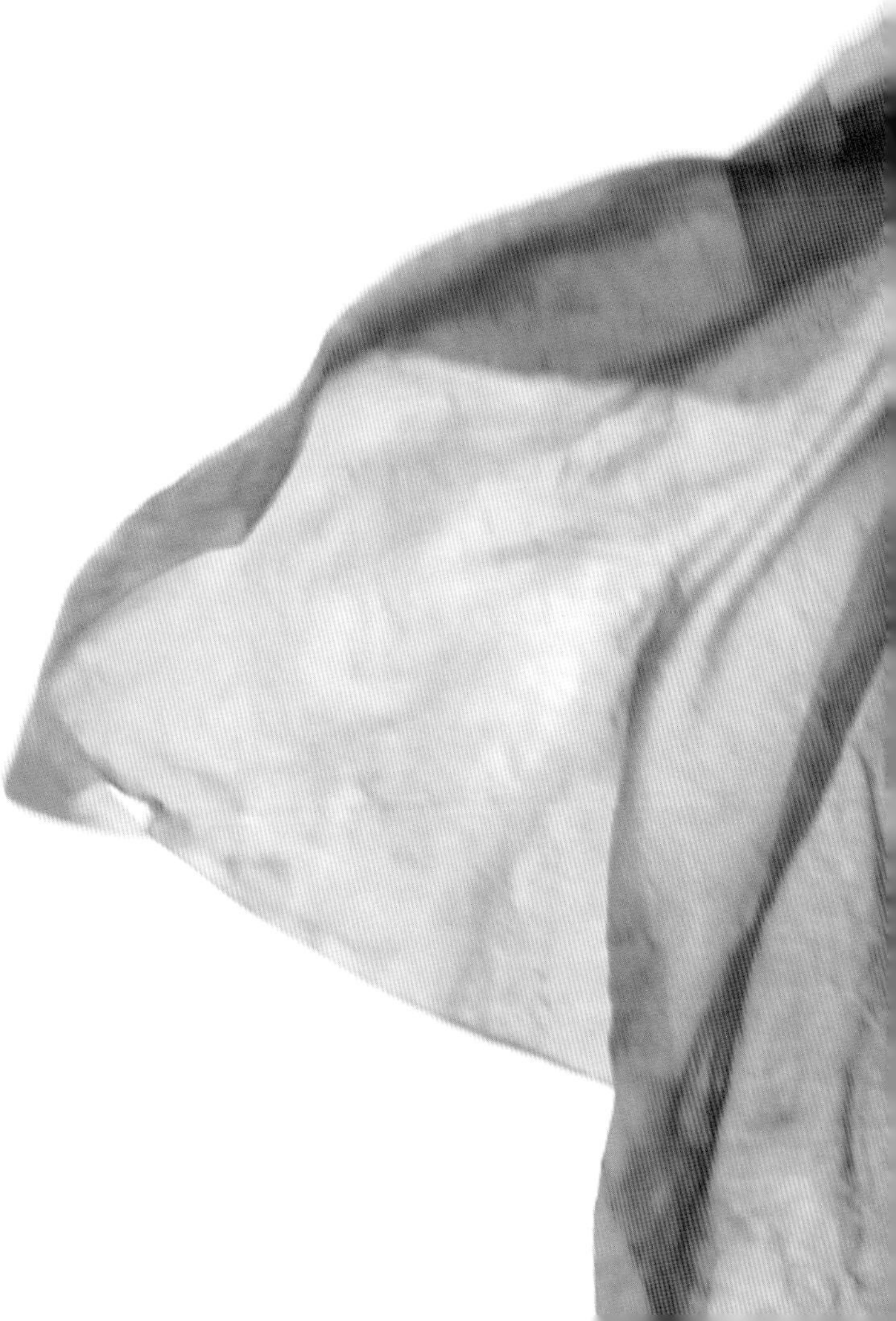

熊本愛子さん

初めて会ったとき、愛子さんは私に家族の話をしてくれました。

ご両親がとても自分を大切に想ってくれていること、でも大人になった自分は、両親から自立しようと思った矢先、病気になってしまったこと。そのことで家族に心配や負担をかけていることが、とても悲しくて申し訳ないこと。

いつもとても感謝していて、両親が大切で、お姉さんやお兄さんが大好きなこと。

そしてこんな風に話していました。

「私は、自分の気持ちを言葉にするのが得意じゃなくて、自分のことを話して説明するのは苦手」

「だから自分の気持ちは、自分自身と向き合って、語り合って、そうすることですっきりする」と。

そんな愛子さんが治療に取り組む中で、きっと何度も自分の気持ちと向き合い、語り合ってきた中で、私に言ってくれた言葉があります。

「私、この先のことは考えないことにしました。先を考えると怖くなる、気持ちが落ち込む。

それだと笑えなくなる。

私ね、笑っていたいんです。笑顔でいたい。

だから先のことは考えるのをやめました。今を生きます」


とても力強い言葉でした。

愛子さんの笑顔は周りを明るく照らしてくれる、とても可愛らしい特別な笑顔です。

私や愛子さんとの時間を共有させて頂いたスタッフは皆、愛子さんの笑顔が大好きです。

看護師　藤浦奈津子

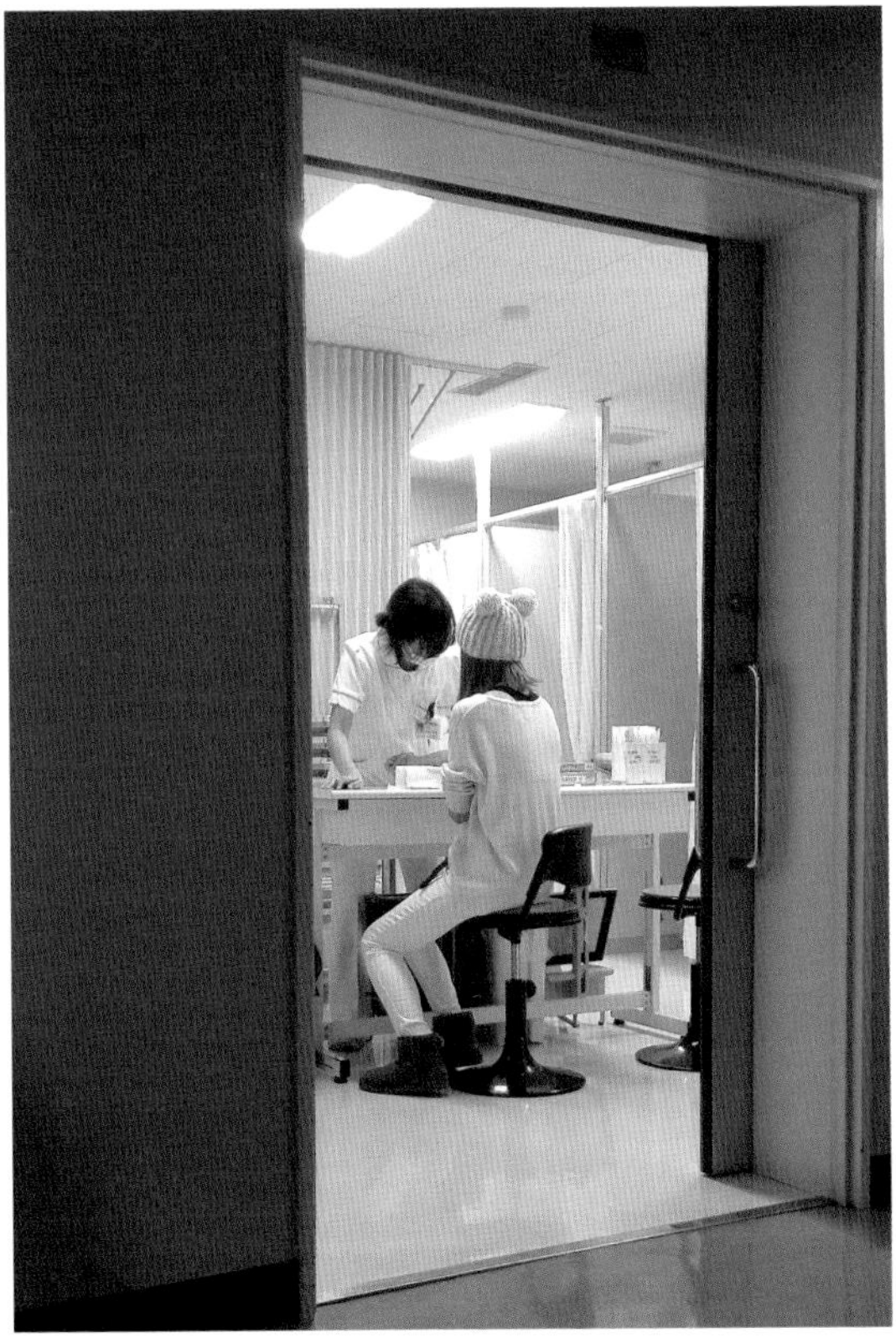

あいりんは、モモスタの最後のオリエンタルな宴に私のクラスで踊る事になりました。

最上級生のクラスは私しか担当していなかったので、モモスタ最後の発表会で意を決してくれたのでしょう。私のクラスでの練習は厳しい方だったし、あいりんも、私の期待に応えようと一生懸命になっていました。

いつもはもっとリラックスして自由な表現を楽しんでるあいりんが、私の型に頑張ってはまろうとしてくれていた事が、少し私にはしっくりきませんでした。

もちろん、発表会ではとても調和していたし、輝いてはいたのですが、やはり、本来のあいりんの姿ではなく、どことなく背伸びを一生懸命していたような……。今となってはそう思います。

そして、やはり、ＳＡＫＩＹＡがプロデュースしたステージで見せる姿が一番あいりんらしく、安心して楽しんで見えました。

アイドルと呼ばれるにふさわしい明るさ、愛らしさで観客を魅了したあいりん。私の娘も打ち上げで我が家にあいりんが遊びに来てくれた時に、すっかりファンになりました。

あいりんに本来の〝らしさ〟を出させてあげられなかった自分の指導が悔やまれます。

ｍｏｍｏｉベリーダンススタジオ　代表　西尾弘香

あいりんは天性の華やかさ、愛らしさ、人懐っこい雰囲気を持ち、
エンターテインメント、タレント性の特質に長けていて、
興味のありそうな演目を与えてあげれば
最終的にはヴィジュアルも全て楽しみながら完璧に仕上げてくるコです。
それをステージ上で披露し、観客を幸せな気分にさせてくれます。
彼女は幾度も作品創りのインスピレーションを与えてくれます。
「ステージ上の天使」という称号を彼女にプレゼントします。
でもこれ以上甘やかすとダメなコになるので、
これくらいにしておきますね。笑

あいりん！
みんなに遅れを取らないように
これからもしっかり
ついて来なさい。

あいりんのプロデューサー
上条咲貴也

あいりんへ

あいりんがお空にお嫁に行ってからもうすぐ半年になりますね
元気にしていますか？
楽しいことが大好きな貴女だから、
周りを巻き込んで毎日笑っていることでしょう
きっとみんなの人気者になってるはず♥
買い物に行ってあいりんが好きそうなものを見ると
「きゃわゆ～ぃ♥　これ欲しい～😍」
っておねだりされてる気がするよ（笑）
美味しいものを食べてると、
隣でニコニコ笑顔のあいりんが座っているのを感じるし、

いつでも「きょーこしゃ～ん♥」って
呼んでくれる姿が見えてます。
遠く離れちゃったけど心はずっと繋がってる😬
いつも、キラキラ笑顔で
お人形のように可愛らしいあいりん♥
ずっとずっと大好きです♥♥♥
またもう一度逢えるときまで、
私のみるくちゃんと
一緒に遊んでてくださいね♪

森山京子

私があいりんと初めて話したのは、ベリーダンス発表会で
一緒の演目に出演した時でした。
あいりんの第一印象は、天使みたいでカワイイ子。
話してみると、素直で優しくて面白くて皆んなに好かれる子で、
仲良くなればなるほどあいりんが大好きになりました。
あいりんとは、というか……一緒に踊っていた上条咲貴也一座メンバーとは、好きな物、好きな事、面白いと思うポイント、テンションが似てて、
すごくすごくすごく居心地がいい関係でした。
あいりん、そして、最高のメンバーに出会えた事がわたしの人生の中で
最高の宝物です。
あいりんが本物の天使になってしまった今でも、
「そこに居るのはえみちゃんかい?」って言って、
あいりんはひょっこり現れるんじゃないかと思ってしまいます。
寂しくないと言えば嘘ですが、あいりんの事を思い出すと、
楽しくて笑っている思い出ばかり。
私たちが楽しくしていると、あいりんも絶対近くにいると思います。
あいりんと最後に会った日、元気になってまた一緒に踊るよっ‼
って言った約束は絶対忘れないからね‼　あいりん♥

松尾恵美（Ｅｍｉ）

私はあいりんに、いつも仲良くしていただき、
どんなところもダメなところも
全て面白がって、可愛がっていただいています。

姿を見ることはできませんが、
今も私の側にはあいりんがいて、
あの可愛い声が聞こえます。

会いたいと思えば
会えるような距離だと感じています。

オーラまんてん、初対面では威圧感すら感じ、
びっくりするほど綺麗なあいりん。
そんなあいりんが、私のところへ駆け寄って友達になってくれたことをきっかけに、
私の人生は本当に明るく、楽しいものになっていきました。

あいりんが壮絶な闘病生活を終えた時
張り裂けるような悲しみを感じましたが、
あいりんのお茶目な人柄が、すぐに
「ねぇあいりん！　次、いつ会う？　楽しみ！」という気持ちにさせてくれました。

お父様がご出版されたあいりんの素敵な写真集が、
次にあいりんと会う時までの

皆さまの楽しみとなりますよう、
心から願っております。
あいりん、また面白いことしようね！

えみり

前山 愛美里

忘れもしない、7年前の秋。
あいりんのこと、初めて見た日。
美しい黒のロングヘアに赤い大きなリボンのバレッタ、
赤のネルシャツに細身デニムのサロペット。
真っ白の肌、大きな目、ほんとに楽しそうな笑顔。
まるで絵本から飛び出してきたみたいに可愛くて、
びっくらこいたのを覚えてる。
お互いにベリーダンスを始めて間もない時期に出会ったのに、
私とは違って彼女にはすでにたくさんの「ベリ友」が存在していた。
素直で、飾らない性格で、すぐにどんな人とも仲良くなってしまうあいりん。
私との初めてのコミュニケーションもあいりんから……
「ぜったいピンクのほうが似合うよ！」
そう言って、当時スタジオで販売していたレッスンウェア、
ピンクと青で悩んでいた私に助言してくれた。
「みんなもそう思うよね!?」
その場にいた、私とは面識がない方たちにも同意を求めるあいりん……同意するみんな（笑）
突然「くみぷ」というあだ名で呼び始めるあいりん……そこにも乗っかってくるみんな（笑）
そうやって自然と仲間の輪を広げてくれて、楽しいことをシェアしてくれる存在になったあいりん。
その日以来、私たちは急速に仲良くなった。話せば話すほど、大好きになった。

だって、好きなもの、似てるんだもの！！！

あいりんと一緒にいると何もかも楽しくって、いつもあっという間に時間が過ぎていった。

肉モリモリ食べて、他愛もないことで笑い転げて、いつもガチのコスプレでイベントに参加して……

たくさん一緒に踊ったけど、練習はほぼせず、食べるかふざけるかしかしてなかった日々。

……で、だいたい本番数日前に焦りだす。

でも、ステージ上ではキラッキラに輝いてる姿に、私はいつも感動してた。

今もあいりんは私の記憶の中でずっとキラキラしてる。

遠くに行ってしまったなんて、まったく実感がない。

ふと、近くに感じることもあるし、なぜか三日月を見るとあいりんの笑顔が思い浮かぶ。

とはいえ、「寂しくない」と言ったらウソになる。未だに涙が出ることだってある。

「くみぷの踊り、ほんとにだいすき♥」って、いつも言ってくれてたあいりん。

私、自信もって踊り続けるよ。

ずっと見ててよ。

私とあいりんの約束。「またぜっっっっったい一緒に踊る！」

おばあちゃんになっても忘れないから。待っててね。

そして今日も、あいりんからもらったたくさんの幸せを胸に、私は踊り続けます。

松延久美子

初めてBe-STAFFを訪れたベティーちゃん！
学校長からは「生粋のぶりっ子」と言われ、大爆笑！
その後、ベティーちゃんから来たＬＩＮＥでは、
「先生達皆さん本当に素敵な方ばかりで、ますますワクワクしています。
やっと本当に自分がしたい事と向き合える気がして、
これからの人生が楽しみです！　ビースタッフ生活が超絶楽しみです！」
と来ました。
レッスン中のベティーちゃんはとても感覚が良く、手順なんてすぐに覚えて
「上手ね！」というと満面の笑みでお決まりのポーズをとって「愛子だプン！」
もうこちらが照れてしまうぐらいの愛くるしさで、
ベティーちゃんとのレッスンは笑いの絶えない楽しい日々でした。
ベティーちゃんが来る日のレッスンは、みんなが笑顔になり、
ハートと天使が飛び回っているような空間でした。
２０１９年３月６日、お姉さんと共にやっと学校に来れたベティーちゃんは、

「やっと学校に戻って来れたー嬉しーい！」
「みんなレッスンができていーなー」と
イチゴミルクを飲みながら、時間が許す限りレッスン場にいたベティーちゃんが忘れられません。

株式会社　美山　Be-STAFF MAKE UP UNIVERSAL
合志知子

山口博美学校長とともに

ご挨拶に伺った日の想い出

3年8組に、ありのままの自分で生きる勇気と喜びを、
教えてくれてありがとう。
一切邪気のない、ピュアでキュートな笑顔で、
いつもつつみ込んでくれてありがとう。
すごく幸せそうにご飯を食べてくれてありがとう。
おかげで一緒に食べたものは全部最高に美味しかった。
いろんな所に連れていってくれて、
たくさんの面白い人たちに出逢わせてくれて、ありがとう。
私の家族や友達とも仲良しになってくれて、ありがとう。
たくさん絵のモデルになってくれてありがとう。
いつでも自分のことのように話を聴いてくれて
ありがとう。
アメリカから急に電話をかけても、
必ず出てくれてありがとう。
「今初めて人に話した」という話を、
たくさん聞かせてくれて、ありがとう。
一緒に本気で笑ってくれて、
本気で泣いてくれて、ありがとう。
ハグで愛を伝えてくれてありがとう。
「ねぇ、あっちゃん」って、

たくさん名前を呼んでくれてありがとう。
並外れた想像力とユーモアセンスで、
腹筋がちぎれるんじゃないかって本気で心配になるほど、
笑わせてくれてありがとう。
うちに秘めた強さを、優しさで伝えてくれて、ありがとう。

福岡の街を歩けば
至る所にくまこのとの思い出が溢れてる。
空港にも、駅にも、お店にも、
動植物園にも、ただの道端にも、
私の部屋にも、
一緒に笑った日のくまこがいる。
誰かと何気なく話していても、
「今の私くまこっぽい！」って、
自分の中にくまこを感じることもよくある。
だから、これからもくまこを側に感じながら、
私も笑顔で生きていくよ。
そして、ここだけでは伝えきれないこの想いは全部、
絵に込めて伝えていくね。
いつも側にいてくれて、ありがとう。
すきよ、くまこ♥

児玉温美

家で過ごす時間が笑顔のもと

「目が大きくて笑顔が可愛い」。それが愛子さんの第一印象でした。

最初はお互いちょっと緊張もあったけどすぐ慣れて、訪問の度に笑顔で出迎えてくれました。

愛子さんの肩や腰をマッサージしながら、いままでに行った旅行の事、好きな食べ物のこと、ベリーダンスの事など沢山話して、本や写真を見て笑って、何しに行っているのか分からなくなるくらいに楽しい訪問だったことを思い出します。

一番の想い出は、お父さんが買って来て下さった愛子さんのイメージカラーの桜色の餡が入った鯛焼きをお互い手に持って「ちゅっ」と言いながら鯛焼きの口をくっつけて食べた事。

愛子さんと出会ったのは2月9日。退院して免疫療法に通い、疼痛、嘔吐、不眠、倦怠感、見えづらくなる眼のことなどで悩みながらの日々を家で家族と一緒に過ごされることになりました。

倦怠感は持続的にあり、起き上がりがきついからとリクライニングのできる介護用のベッドを入れようと提案しても、狭くなるからと家族との生活を優先した愛子さん。そんな愛子さんが入院していたら気を遣って疲れていたかもしれません。せっかく家に居るのだから、自由に食べたいものを食べ、行きたいところに行く、それが出来た最期の時間だったように私は思います。

私は、愛子さんの大事な時間に関わらせてもらうのだから、看護師としてだけでなく一人の人として接していたいと思っていました。薬の事や症状ばかりを伺うのではなく、自分の事も話し、また愛子さんの話も聞く、それを繰り返す。愛子さんのおすすめの宿に私が実際に泊まりに行って「良かったよ、教えてくれてありがとう」と言ったときに喜んでくれた笑顔忘れません。

思い起こせば、愛子さんはいつも笑顔でした。愛子さんがずっと笑顔でいれたのは、家で家族と過ごす時間が愛子さんの笑顔のもとになっていたのだと確信しています。

家事や介護で疲れている時に、毎日快く訪問看護を受け入れて下さって、大事な愛子さんの最後のときに関わらせて頂くことができ、感謝しています。

ありがとうございました。

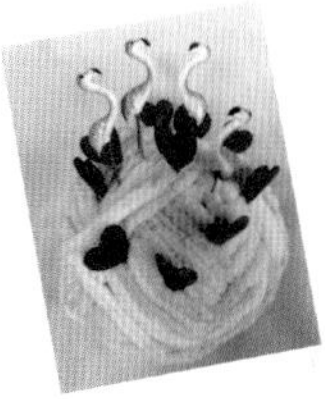

Alice

ありす訪問看護リハビリステーション　看護師　水田成美

アイコちゃんは最初普通のお客さんとしてお店に来てくれましたが、そのあとすぐ友達になりました。

私は思うにその理由は、アイコちゃんがとても明るく、スリランカの料理を好きになってくれたこと。

そして、スリランカの国のことに興味をもってくれたことだと思います。

お店に来ては、いつもスリランカのこと聞いたり、私たちと一緒に写真撮ったり、料理の写真、店内の写真撮ったりしてました。

いつもお店に入る時は明るい笑顔で来てくれて、お陰でお店も明るくなりました。

アイコちゃんは店のスタッフ全員から人気がありました。

お店が暇な時でもアイコちゃんがお店に来たらどんどんお客さん入って来るのを何度も感じました。

それはアイコちゃんのパワーだと思います。

今も、変わらずアイコちゃんの両親がお店に来てくれますが、もうアイコちゃんが一緒にいないので、
スタッフも何となく寂しく感じています。

私も同じです。

お店のドアが開いたら、ときどきアイコちゃんが来たような気がします。安らかに。

スリランカレストラン「ヘラ味屋」オーナー
スサンタ

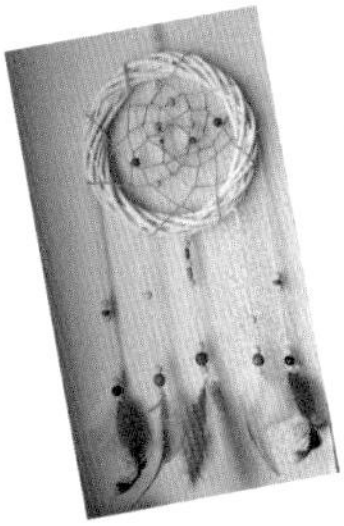

あいこちゃん♡
天国はどんなところ？きっとあいこちゃん
ならカラフルなものにかこまれているよね。
あいこちゃんといっしょに海とか川とかに
遊びに行ったとき楽しかったよね。ピ
ンクのものを見ると、あいこちゃんを思い出
すよ。ふく岡に行ったら、あいこちゃんが
元気に待っていたからこれからは、あい
こちゃんがいないなんて信じられない
よ。ねねが思い出すあいこちゃんは、
元気で明るくて、いつも笑っているあ
いここちゃんだよ。ねねもあいこちゃ
んみたいな、みんなに好かれ
て太陽みたいな明るいこにな
りたいよ。

Barbie
あいこちゃん
おたんじょうび
おめでとう

２０１９年８月20日　フェイスブックより

今日は一番下の妹、愛子が33歳となるはずだった日です。

２０１９年４月９日に32歳で生涯を終えました。

２０１７年９月に腫瘍が見つかって以降様々なことがありましたが、それからわずか１年半で妹は息を引き取りました。

ＳＮＳでこういった事を公表すべきじゃないと思っていました。しかし、妹が生前いろいろな人に支えられ、また多くの人に愛されていた事が亡くなった後にわかり、面と向かって御礼ができないでいたので投稿致します。

愛子のことをたくさん応援してくれた皆様、本当に有難うございました。本当に本当に有難うございます。

２０１７年、愛子の病気が見つかった時は仕事中に父親から震える声で電話があったことを覚えています。最初聞いた時は「まさか」と思いました。すぐに腎臓摘出手術となり、福岡に帰省して長時間に及ぶ手術前に愛子を応援したことを覚えています。

その時は、まさか亡くなるなんて思っていなく、手術成功を聞いた時は凄く喜びました。

昨年再発が見つかっても、愛子は人前では笑顔を絶やさずに、病気が完治した後は大好きなベリーダンスを踊りたい、メイクを勉強して自分の夢を叶えたいなど考えていました。家族も応援していました。

しかし、病気は日々進行して、再発が見つかってから１年経たずに息を引き取りました。

亡くなる１カ月前に帰省した時、帰り際に横になっている愛子に

「頑張れ！　手が温かいから大丈夫だよ」って握手した。

「有難う」って言って数秒握手した。手を離そうとしたら、また握り返してくれて「有難う」って言ってくれた。それが愛子との最後のひとときでした。

愛子が亡くなった後、４月20日にチャリティー企画として福岡市内で開催されたベリーダンス

ショーを観させて頂き、本当に感動しました。人目を憚らずに涙を流しました。

愛子がどれだけ多くの人から愛されて、また愛子がどれだけ多くの人を魅了していたのかよくわかりました。

正直私が知らない愛子がそこにはいました。

本当にあなたは凄いよ。凄い。

通夜には250名以上もの方に参列頂き、同年代の女性、中には男性が涙を流していました。改めて、人一人の命がどれだけ尊くてどれだけ重たいものかを考えさせられました。

自分は、製薬関係で仕事をしていますが、腎細胞がんについては全くの専門外で、何もしてあげる事ができなかった……無知すぎて安易にアドバイスもできない。

様々な後悔が今も残っています。

今でも一人でいるときに思い出すと、涙が自然と流れてしまう。

愛子の誕生日が今日。おめでとう!!

通夜でも葬儀でも初盆のお参りでも手を合わせて願いました。

来世でもまた兄弟でいよう。

「嫌だ（笑）」って言ってそうだけど（笑）

（兄）熊本寛至

自分の人生で、私の可愛い妹が30代で私より先にこの世からいなくなるとは思いもよらないことでした。

妹が〝癌〟と知ったのは、私が仕事中のことでした。

接客中だったのですが携帯のマナーモードが鳴り続けるので見てみると画面は〝お父さん〟の表示です。

その時間は私が仕事中だと知っている父からの電話なので、緊急な連絡だと直ぐに感じました。

2019年1月、私は仕事を辞めて実家に帰り、両親と妹と久しぶりに実家で毎日を過ごしました。

癌が転移してからの進行が速く、1人の入浴は危険なため毎日一緒にお風呂に入りました。

私が、「今日楽しかったことを3つ教えて」と言うと妹は楽しそうに答えてくれました。

毎日今日の楽しかったことを聞いているうちに、少しずつ変化を感じました。

日が経つにつれて答えるまでに少し時間がかかるようになります。

お風呂ではいつも、自然の小鳥の鳴き声や、森の中にいるかのような音楽を選んでスマホで流していました。

「今ここは森の中で、空を見上げると星がたくさんあってキラキラしていてすごく綺麗だよ!」と話すと、妹は目を瞑ってニコニコしていました。

こんなにゆっくり過ごす毎日は、大人になってから初めてだと話していました。

日々仕事をしながら夢を追って、美容学校やベリーダンスの練習をする毎日に身体の無理があったのかと思うとたまらなくなります。

ある日、上手く歩けないはずの妹が、1人で頑張って私の部屋に来たので、転んだりしなくてよかったと内心ハラハラしました。そして妹は私に「何をしている時が一番好き?」と聞いてきました。

妹は昔からよく私に、好きなことは何? 何をしている時に楽しいと感じる? と聞きました。

〝とにかく自分の好きなことを追求すること〟が妹の生き方でした。

痛みに耐えながらも亡くなる数日前まで、車椅子で散歩したいと言うのでよく出掛けました。2人で、近くのコンビニやスーパーに行きました。「もっと話して」と散歩中に妹に言われて気づいたのですが、車椅子を押している私は妹の様子を見ることができますが、妹は前を向いていて私が見えないのです。より妹の目線を考えようと思うようになりました。

妹と久しぶりに熱く語り合ったのが、妹が亡くなる3週程前です。

自分が1番になれそうなことを見つける。そのことに力を注ぐことが大事だよね。みんなと同じことをしていても、ここなら自分が輝けると思う場所を見つけることが大事だよね……と。

この時、長く時間を共に過ごしてきた姉妹の絆を感じました。

きっと、天国でもあのニコニコ笑顔を振りまいているだろうと思いながら、毎日妹の可愛い笑顔が頭に浮かびます。

（姉）熊本愛弓

こんなにも疾く
愛子と別れる時が来るとは思ってもみなかったです。
この世に32年前誕生した瞬間と、
短い人生の終わりの最後の最後の最後
癌に蝕まれ自由を失った身体で
懸命にそして激しく息を吸って幕を閉じた姿は
今でも鮮明に思い出されます。

こぶは幼児の頃からとってもおしゃれで愛嬌があり、
ピンクが良く似合う色白の可愛い女の子でした。
そしてお笑いのセンスもあり、
人を笑わせては自分も一緒に楽しんでいる
楽しいことが大好きな子供でした。
でも、確固たる自分の信念を持っていて
弱者の気持ちを理解し寄り添う優しさもあり、
でも芯のある戒めの言葉もあったり
そして、華やかで派手で、
とっても可愛くて美しくてネコ大好きで
そして魅力的な女性でした。

そんな大切な〝こぶ〟だから
もっと一緒に過ごしたかった。
もっと一緒に居たかった。
もっと可愛いこぶを見たかった。
もっと色んな外国へ一緒に旅行したかった。
もっとけんかもしたかった。
こぶが生んだ赤ちゃんも見たかった。
そして生き生きと活躍している姿を
いっぱい　いっぱい　見たかった。

最後にお母さんから
オカンの残りの人生（時間）をこぶにあげたかったよ。

出来る事なら
我が家に戻って来て欲しい。
もう一度逢いたい。

お母さんより

旅立ちの後

あれから、もう1年が過ぎようとしています。辛い葬儀が終わっても、一歩外に出れば何事もなかったように時は進み、容赦なく悲しみや喜びを過去のものにしようと過ぎ去っていく。

しかし何日何カ月、そして何年過ぎようと、今現実に娘がいないし話もできないと思うと、時折パニックになります。愛子のお位牌を見て妻が、「産まれたときも死ぬときも目の前で見届けたんよ。こぶが板切れになってしまった」と涙ぐんでいた。

先日、テレビを観ていたら上海の風景が出てきて、妻と言葉も出ずに号泣。家族の想い出が深ければ深いほど、やるせなさがこみあげてきます。

昨年の今頃は元気にこんなことをしていた……あんなところに行ったと、常に愛子がいた時期と重ね思い出す日々。しかし、愛子は父親の年齢の半分も生きることができませんでしたが、道半ばとはいえその内容は充分に充実した人生であったと思います。これも偏に、皆様からの温かい友情、愛情の賜です。本当にありがとうございました。

そして、愛子と親しくさせていただいた方々、お世話になった方々よりたくさんのメッセージが届き、想い出写真とともに掲載させていただきました。ありがとうございました。

皆様からのメッセージの中に、娘が「天使となって」という言葉が多く、本書のタイトルにさせていただきました。私は著者ではありますが、この本は温かい皆様の善意と友情がたくさん詰まった皆様が著者であると信じます。

愛子は残念ながら旅立ちましたが、望みが針の穴ほどに小さくなっても亡くなる前日まで夢を語っていました。また、夢を捨てた時点で負けだと悟ったのか、立ちふさがる人類最強の敵と最後まであきらめずに闘い続けました。愛子と同じように、病魔と闘っている多くの方々、そして私達のように共に闘い続けておられるご家族の皆様、どうか状況が違っても生きる希望をもって日々を過ごしてください。医師の宣告を大きく変えて、病魔に打ち克った方もたくさんいらっしゃいます。皆様が苦難を乗り越え、希望の光を受け止めることができますよう心より願っております。

もし、この世で力尽きたとしても、天使となって家族や友人のことを案じ、そして感謝し、きっと見守ってくれていると信じます。

娘が身体を張って伝えてくれた「あきらめない人生」を教訓に、この世で生きていることに感謝し、これからの人生を生き抜いて後世に繋ぎたく思っています。

最後に、医療関係の皆様、愛子のために様々な治療のためのチャリティイベントを行い、応援いただきました上条咲貴也様と一座の皆様、ベリーダンス関係者の皆様、書籍のために私がよく知らないあいりんやくま子の写真をたくさんご提供いただいた大神実様、村岡光様、児玉温美様、愛子が夢を持って入学しご指導いただきましたBe-STAFF MAKE UP UNIVERSALの皆様、本書冒頭のお言葉を頂戴しました九州女子高等学校（現・福岡大学附属若葉高等学校）の崎村先生、今も変わらぬお付合いをいただいている同窓生の皆様、愛子を最後までご支援いただきましたすべての皆様に心より深く感謝申し上げます。

そして、愛子が天国に召される最後まで、寄り添い励まし続けてくれた素晴らしい家族に、愛子にいつも伝えていた言葉を贈ります。

「お父さんは生まれ変わってもお母さんと結婚するよ。
だって、またみんなに会いたいじゃないか」

令和2年3月

熊本広志

写真提供

大神実（おおがみ・みのる）
兄の影響を受け高校で写真部に入部。30代はスキューバダイビングで水中写真にハマる。その時の友達がきっかけで，ベリーダンスに出合う。ダンスイベントの撮影を重ねて行くうちに多くのダンサー，ミュージシャン，パフォーマーに出会い，色々なジャンルの撮影も行っている。北九州市在住のサラリーマン。55歳。
掲載頁：P2−16，P267−271，P282（小），P267−271，P285，P286，P308−313

村岡光（むらおか・ひかり）
写真家。2009年 University of North Alabama 芸術学部写真学科卒業。アメリカ留学中にアラスカの自然に出合い大きく影響を受ける。アラスカ現地ツアーガイド，日本アルプス山小屋スタッフを経験し，現在，福岡市内のフォトスタジオに勤務。ライフワークとして自然，人物のスナップ撮影を続ける。
掲載頁：P24−25，P182−183，P192−193，P208−209，P262−263，P272−273，P290−291

児玉温美（こだま・あつみ）
画家。California State University, Fullerton 美術学部絵画科卒業。現在はファインアートを身近に感じられるきっかけに自身が成るべく，国内外で活動。絵画に興味がある人のみが足を運ぶ場所ではなく，酒場やカフェ，時にヨガスタジオや中学校でも，個展やライブペイントなどのイベントを多数開催／参加。Art Asia 2018（韓国）／ Art Fair Asia Fukuoka 2019 に出品。
掲載頁：P18−19，P72−73，P132−133，P156−157，P188（画），P190（画）

Memories of
Dance

Memories of
Sakiya family

熊本広志（くまもと・ひろし）
家族との旅をテーマに，九州各地からアジア各国を旅して５冊のガイドブックを出版。特に２巻目の『九州の巨樹』（海鳥社）には，大きな巨樹を見上げる愛子がいたる頁に登場する。

あいりんは天使《てんし》になって今《いま》も

■

2020年３月８日　第１刷発行

■

著者　熊本　広志

発行者　杉本　雅子

発行所　有限会社海鳥社

〒812-0023 福岡市博多区奈良屋町13番４号
電話092(272)0120　FAX092(272)0121
http://www.kaichosha-f.co.jp

印刷・製本　九州コンピュータ印刷

ISBN978-4-86656-067-0

［定価は表紙カバーに表示］